Charlotte Camp

DIE

VERSCHWUNDENE

ZEIT

ROMAN

MYSTERY THRILLER

Band 13

Zum Buch

Wir schrieben das Jahr...?
So beginnen viele Story's - doch keiner wusste die
Zeit. Keiner hatte die Winter und Sommer je gezählt.
Ein Jahr war unrelevant – zählte kaum, bei solch einer
unglaublich langen Zeitspanne.
Denn sie vermuteten die Zeit, 1000 Jahre vor Christi,
also 3000 Jahre vor unserer Zeitrechnung – das Ende
der Bronzezeit.
Auf einer banalen Zeitreise, gelangten sie
versehentlich in diese tiefe Vergangenheit.
So war ihr Erstaunen groß - doch aus Erstaunen
erwuchs Entsetzen, als sie die Zerstörung des - Tores
zur Ewigkeit - miterleben mussten.
Doch alles zu seiner Zeit...!

Zur Autorin

Nach einem turbulenten Leben,
in selbst gewählter Ruhe und Abgeschiedenheit,
in einem kleinen Harzdörfchen,
widmet sie sich nun ausschließlich ihrem Hobby,
dem Schreiben - fantastischer Abenteuer Romane.

Fortsetzung der Trilogie

Inhalt:

Göttin

der

Unterwelt

Kapitel 1: Göttin der Unterwelt

Überwältigt von Emotionen, fühlte ich mich unbesiegbar und erhaben über alles Irdische, glaubte einen Moment tatsächlich, die Herrin der Welt zu sein.

Der Jubel wollte nicht verstummen, schall an, erwuchs zu einem tosenden Dröhnen in meinen Ohren, explodierte in meinem Kopf.

Bin ich irre?

Ich schüttelte mich beklommen, doch der Lärm blieb.

Er galt einzig mir, doch was wusste ich von ihrer Welt in die ich so unwissend, naiv getreten war.

Das alles ist mehr, als ich zu ertragen vermag.

Ich schwankte, einer Ohnmacht nahe, glaubte ich den Boden unter den Füßen zu verlieren.

Ich darf jetzt keine Schwäche zeigen, nun mussten Taten folgen.

Ich straffte mich, überlegte fieberhaft und hob den Blick in die Menge, überschaute die in Lumpen gekleideten, erbärmlich anzuschauenden Gestalten.

Plötzlich entsann ich mich der Worte, Wolfgangs.

Er hatte von dem unterdrückten, versklavten Volk

gesprochen, doch ich hatte nur halbherzig zugehört, war zu sehr mit meinen eigenen Belangen beschäftigt. Augenblicklich war mir klar, was das gebeutelte Volk von mir erwartete.

Es würde keine leichte Aufgabe sein und erforderte meine ganze Kraft, Autorität und viel Fingerspitzengefühl, ihnen zu einem halbwegs normalen, würdigen Leben zu verhelfen.

Um dem lautstarken Trubel ein Ende zu bereiten, sog ich tief die Luft ein, füllte meine Lungen und ließ meine Stimme über sie erschallen.

„Ich begrüße Euch ihr Erdenbürger, sehet, ich bin gesendet Euch zu erlösen, ich werde mich nach Kräften bemühen, Euch in eine bessere Zukunft zu führen, doch alles zu seiner Zeit".

„Nun bin ich erschöpft, überwältigt von eurem übermächtigen Empfang".

Schlagartig war es totenstill um mich.

Ich ahnte, was mich erwarten würde und dennoch hatte ich mich zuversichtlich in die Tiefe der Zeit begeben.

Ein kleiner Trip nur, sollte es sein.

Einmal noch wollte ich ihn sehen, ihn, meinen Gefährten, so vieler Jahre, um das Unfassbare begreifen zu können.

Er hatte sich von mir abgewendet, eine Andere war nun an seiner Seite.

Wie sollte ich so weiterleben - ein Leben ohne ihn.

Ich ahnte nicht, dass aus dem Trip, ein endloses Martyrium für uns begann.

Notgedrungen hatte ich die Nachfolge, der strahlend schönen, als Göttin verehrten Venus angetreten.

> Sie sollte – Ich - sein < zumindest war sie mein Ebenbild in allen Facetten.

Sie war es, die mir meinen Liebsten genommen - ich jedoch sann nicht auf Rache an sie, denn mein Liebster war es, dem ich zürnte!

Vielmehr war es mein treuer Diener, der glaubte mich und meine Ehre sühnen zu müssen.

Ihr schändlicher Plan, mich unbedingt vernichten zu wollen, wurde in letzter Sekunde verhindert.

Jonny, unser Diener, war schneller als sie und hat die göttliche Hexe mit einer einzigen Salve, aus weiter Entfernung niedergestreckt, ja geradezu durchsiebt, und somit die Mär, ihrer angeblichen Unsterblichkeit - Lügen gestraft.

Doch keiner beklagte ihren Tot.

Zu sehr hatten alle unter ihrer Hartherzigkeit gelitten.

„So führt mich in die Gemächer der verblichenen Herrin", bestimmte ich. .

Aus dem Gewirr von Leibern, löste sich eine vertrauenseinflößende, imposante Gestalt, doch er wurde rüde zur Seite gestoßen und niedergebrüllt, so dass er unterwürfig auf die Knie sank.

„Oh Göttliche Herrin", erhob er seine Stimme, „lasst Gnade walten".

„Endlich kann ich es wagen, mein ganzes Leid kundzutun, so wisset, dass unsere Väter und Brüder schuldlos ihr Dasein im Kerker verbringen müssen, bis sie verfaulen!"

„Unsere Schwestern, Frauen und Töchter hingegen, wurden uns fortgenommen auf Nimmerwiedersehen", klagte er.

„Fort mit dir du Laus", unterbrach ihn der Hauptmann, „belästige die neue Herrin nicht, glaubst du, sie kümmert dein erbärmliches Geschwafel", knurrte er und senkte seine Waffe zwischen uns.

„Was fällt dir ein Kerl, geh auf deinen Platz und störe uns nicht", brauste ich auf und wandte mich aufmerksam dem so gescholtenen Unterdrückten zu.

„Ich werde euch führen edle Herrin!", erbot er sich und senkte ehrfürchtig sein Haupt.

Die Luft vibrierte in unwirklichem Taumel, als er mich zaghaft am Arm ergriff und auf einen ausgetretenen Pfad führte.

„Oh holde – hohe Dame - Göttin der Auferstehung, ihr seht mich völlig verwirrt, noch niemals habe ich ein solch liebreizendes Geschöpf geschaut".

„Ihr strahlt wie die Sonne, man möchte meinen, euch umgibt ein leuchtender Schein, der mit euch wandelt".

„Ich benötige einen klugen, erfahrenen Ratgeber und keinen albernen Schwätzer, der Sprüche klopft!", entgegnete ich lächelnd und kniff ihm scherzhaft in den Arm.

„Oh verzeiht, Schönste unter der Sonne, aber ich musste meinem Herzen Luft machen, ihr seht mich untröstlich, wenn ich mich im Ton vergriffen haben sollte".

„Ich bin Euer ergebener Diener, allzeit bereit euch zu führen und euch in allen Belangen zur Seite zu stehen, wann immer ihr mich benötigt!" Bekräftigte er.

„Ich hatte mit einem weisen Alten gerechnet, ihr aber seid jung, hm – nun ja, noch in den besten Mannsjahren, oder seid ihr ein Schamane?"

„Nein, ein Schamane bin ich nicht, jedoch besitze ich

eine gewisse Bildung, ich rühme mich nicht, ein gebildeter Gelehrte zu sein".

„So vermag ich, aeh – also ich besitze die Gabe, die hohe Schriftkunst zu deuten und zu nutzen, denn wisset, derer gibt es nicht viele, sie sind schmal gesät".

„Um nicht überheblich zu erscheinen, begnüge ich mich mit dem Titel eines gewöhnlichen Tuchhändlers".

„Wir hatten unser gutes Auskommen bis – nun ja, ihr könnt es nicht wissen was geschah, als die Welt sich verdunkelte und mir alles nahm, meinen gesamten Besitz, meine Kinder und was mich am schlimmsten traf, auch noch mein Weib!"

„Doch damit nicht genug, warf man mich auch noch in den Kerker wie einen gemeinen Verbrecher".

„Das alles hat nur Sie veranlasst, sie war gewiss keine Göttin, eher eine böse Hexe, ihr Tod rührt mich nicht, eher befreit er mich und veranlasst mich zu neuer Hoffnung", fügte er hinzu.

„Oh je, wie niederträchtig von ihr, ihr eigenes Volk auf solche Art zu schänden, das alles empört und schreckt mich, doch gönnt mir eine Verschnaufpause, ich gedenke, mich zunächst ein wenig zu erfrischen und zur Ruhe zu kommen!", entgegnete ich gerührt.

Ein Raunen hinter mir, das sich zu einem einzigen Schrei des Erstaunens erhob, veranlasste mich, mich umzuwenden, was ich nun sah, ließ mich zutiefst erschüttern, ein Bild zum Erbarmen bot sich meinen Augen.

Mit bebenden Händen strich Günter, mein einstiger Liebster, dem toten Sohn über das kalte Gesicht, ein Weinkrampf ließ seine Schultern erzittern. Behutsam, als könnte er ihm Schmerzen zufügen, bettete er ihn in seine Arme.

Wolfgang mein Beschützer – Wolfgang, den der Pfeil traf, der mir gegolten hatte und der nun statt Meiner, leblos am Boden lag.

Auch mich würgte es in der Kehle, ich fühlte meine Augen feucht werden.

Oh Wölfchen, hätten wir beide doch nie dieses Tal betreten.

Ächzend unter der schweren Last, erhob er sich und stapfte gebeugt dem Berg, in dem sich der Zeitkanal befand, entgegen.

Die unsägliche Trauer, Hass und Wut, seinen letzten Sohn verloren zu haben, verliehen ihm Riesenkräfte.

Er musste seinen Sohn in Sicherheit bringen, in Seine

Zeit, auf dem Friedhof Seiner Vorfahren sollte er ruhen.

Schnaufend erklomm er den Hang und entschwand den Blicken der umstehenden in der düsteren Höhle. Ein Schrei des Entsetzens rang sich aus ihren Kehlen, denn niemand durfte die verwunschene Höhle betreten, keiner hatte sie je lebend wieder verlassen…

Das ist nun das Ende! Dachte ich wehmütig, wir werden uns nie mehr wiedersehen und starrte in die schwarze Öffnung, die sich hinter ihm schloss.

„Oh ihr dauert mich", weckte mich eine sanfte Stimme neben mir, holte mich aus meiner Versunkenheit.

„War er nicht euer Gatte, der junge Herr?"

„Aber wer ist dann dieser Hüne, der ihn seinen Sohn nennt, war er auch ein Gott, in Menschengestalt, allwissend und mächtig, er wird uns fehlen!"

„Ja mein Gatte war er allemal, doch nun hat er mich verlassen", murmelte ich zerstreut und versank in tiefe Schwärze.

Auf ein weiches Lager gebettet, von unzähligen Sklavenweibern umgeben, öffnete ich meine Augen.

„Was ist, warum starrt ihr mich so an, ich bin nur

erschöpft, lasst mich allein, ich bedarf der Ruhe, geht an eure Arbeit, husch husch", scheuchte ich sie aus dem Raum, in dem ich mich befand.

Nach anfänglichem Zögern, entfernte sie sich und überließen mich meinen Grübeleien.

Hier ist es also, das Reich meiner Vorgängerin.

Neugierig erhob ich mich, in der Hoffnung, intime Dinge von ihr zu finden, ein Tagebuch etwa. Doch ich sah mich enttäuscht, alles deutete nur daraufhin, das sich hier ihr Liebesnest befand.

Ein weiches Lager mit zahlreichen Kissen beherrschten den Raum. Krüge, Phiolen, Schalen mit Obst und Naschereien.

Vergebens suchte ich nach Reizwäsche und verführerischen Kleidungsstücken.

Hier hat er also seine Zeit mit erotischen Spielen verbracht und mich dabei vergessen. Wie viele Tage und Nächte haben sie sich zwischen den Kissen verausgabt.

Eine unbändige Eifersucht übermannte mich, fraß sich in meine Gedärme, plagte mich bis zur Übelkeit.

Wie kann ich noch Eifersucht empfinden, wenn er mir längst gleichgültig ist?

Wieder fühlte ich meine Augen feucht werden,

konnte den Tränenstrom nicht mehr zurückhalten, bald heulte ich hemmungslos um unsere verlorene Liebe, die unsägliche Schmach, verraten und verlassen werden zu sein.

Ich versuchte dieses übermächtige Gefühl, das mein Herz in Flammen setzte, sich ausbreitete, mein ganzes Sinnen und Denken beflügelte, wenn ich ihn kommen sah, wieder heraufzubeschwören, doch es war nur eine trostlose Leere geblieben. Ich habe kein Zuhause mehr, dachte ich beklommen.

Mein Gatte wurde ermordet und mein Liebster hatte mich gegen eine Andere eingetauscht.

Was soll ich hier allein in dieser erbarmungslosen fernen Zeit, was hatte ich mir aufgebürdet?

Hätte ich damals gewusst, was mir noch schreckliches widerfahren würde…

So hätte ich alles, was mich zur Zeit bedrückte, als lächerliche Lappalie abgetan.

Oh hätte ich doch nur geahnt… – wie einfach wäre es gewesen, das Unfassbare und die folgende endlose Odyssee zu verhindern.

Alles hätte einen anderen Lauf genommen.

Gleichwohl hatte ich eine Aufgabe, die zu erfüllen mein Streben sein sollte und meine ganze Kraft erfordern würde.

Die Dämmerung hatte sich längst über das Land gesenkt.

Ich suchte fieberhaft nach Kerzen, konnte jedoch keine finden, dunkle Schatten breiteten sich aus, hüllten mich ein.

Gezwungen zur Untätigkeit, verkroch ich mich unter die Felldecken. Doch auch nach Stunden wollte sich der erlösende Schlaf nicht einstellen.

Von Hunger geplagt, wälzte ich mich von einer Seite auf die andere.

Ich bräuchte nur zu rufen oder laut in die Hände zu klatschen und ein ganzer Stab von Dienstboten würde auf dem Plan erscheinen.

Doch ich wollte keinen mehr sehen, musste mit mir selbst ins Reine kommen.

Die Einsamkeit, die undurchdringliche Schwärze in der fremden Umgebung, machten mir schwer zu schaffen.

So kramte ich in meinem Beutel nach der Taschenlampe, die ich zwingend auf meinen Trips in andere Zeiten benötigte und ließ den Strahl wandern.

Auf einem Wandbrett reihten sich allerlei verlockende Leckereien, die meinen Hunger stillen würden, doch möglicherweise konnten sie mit Rauschmittel versetzt sein, irgendwelche Liebesdrogen zur Stimulierung.

Oh – sie hat gewiss alle Register gezogen um meinen Liebsten stets bei Laune zu halten und gefügig zu machen, überlegte ich.

Konnte es nicht sein, dass er kontinuierlich unter Drogen stand? Doch das allein konnte ihn nicht reinwaschen von seiner Schuld.

Irgendwann musste ich wohl doch in einen Schlummer versunken sein, denn es war bereits heller Tag, als mich ein Pochen an der Tür aufschreckte.

Hartmut war es, der mir überpünktlich seine Aufwartung machte.

„Ich warte auf eure Anweisung - stets zu Diensten, verfügt über meine Person", meldete er sich pflichtbewusst zur Stelle.

„Oh du kommst zu früh, ich muss mich erst stärken, wo sind die Dienstboten mit dem Frühstück?"

„Hier Herrin!", klang es hinter der Tür und eine endlose Schlange von alten Weibern ergoss sich mit dampfenden Schalen bewaffnet in den Raum.

„Hab ich dich recht verstanden, du kannst schreiben"? Eilig riss ich ein Blatt von meinem Block und reichte ihm einen Stift.

„Setz dich an den Tisch", rief ich euphorisch und wartete gespannt auf die Schriftzeichen, die er gebrauchen würde.

„So schreib er": Heute ist der 08. Dezember 1899…

„Oh verzeiht, aber ich verstehe die Zahlen nicht, um ehrlich zu sein, verstehe ich gar nichts".

„Zudem kann ich nur Gegenstände betiteln und notfalls mit einander verbinden, wie Himmel, Mond, Wasser, Erdenvolk, Mann, Frau und Kind, zum Beispiel".

„Nun, das ist doch schon recht passabel!"

„So schreib er": Erst kam der Mann, dann die Frau, von dem mächtigen Volk der Elektroiker - nein schreib dem Halbgöttergeschlecht, doch Sie blieben nicht bei uns", spann ich unsere Legende.

Schnaufend vor Anstrengung und Konzentration malte er, mehr als er schrieb, ungelenk krakelige Zeichen, die ich nie vorher gesehen.

Er durchstach mehrmals das dünne Papier, Schweißperlen hatten sich auf seiner Stirn gebildet, als er innehielt und mich fragend ansah.

„Vortrefflich", lobte ich seine Schreibkunst.

„Doch nun erklär er mir die Worte, ich werde sie mir einprägen!"

Worauf ich den Zettel wie ein kostbares Kleinod
faltete und an mich nahm.

Nun hatte ich ein unleugbares Zeichen, einen
lebendigen, wertvollen Zeitzeugen, denn es waren die
berühmten, historischen Runen, deren Entzifferung
noch keinem gelang – die ich nun, eigenhändig von
einem Freund geschrieben, besaß.

Kapitel 2: Verschlungene Pfade

„Ich benötige deine Führung, sicher wird es ein beschwerlicher Weg!", eröffnete ich meinen Plan.

„Wie angenehm wären jetzt Pferde, sie würden uns einen langen mühseligen Marsch ersparen", schwärmte ich seufzend, „doch ich fürchte sie sind hier noch nicht bekannt", fügte ich hinzu.

„Pferde sagt ihr?", es gibt solche Tiere, ich habe sie mit eigenen Augen gesehen, doch sie sind unter Verschluss, sie gehörten dem uralten Zauberer, der von einem Drachen bewacht, tief im Wald haust", sprudelte Hartmut aufgeregt hervor.

„Es ist alles schon so lange her, dass keiner der Wächter mehr, von dem damals regierenden alten Herrscher genaues weis, es geht die Legende, er ist der Gott, der Erschaffung der Welt".

„Doch er haust dort schon viele hundert Sommer und keiner hat ihn mehr gesehen!"

„Als Knabe habe ich ihn noch durch den Wind fliegen sehen, nun, da er sehr alt ist, hat er wohl seine Zauberkräfte verloren, niemand hat ihn je wieder gesehen".

„Mir ist von einem solchen Greis zu Ohren gekommen, eben Jenen beabsichtige ich aufzusuchen, er existiert also noch, du machst mich neugierig auf ihn".

„Die Pferde sind also bei ihm und sie sind eingesperrt, sagst du, aber sie müssen doch bewegt und beritten werden, wer versorgt und reitet sie?"

„Nun ich vermute die Herrin und ihr Hauptmann, aeh – die haben sich bisweilen in die Wildnis gewagt, doch was sie dort getrieben haben, wissen nur die Götter".

„Als kleiner Bub glaubte ich gar, es waren Böcke mit Menschenköpfen, welche ihr Pferde nennt und habe mich gefürchtet, sie könnten mich niedertrampeln", gestand er verlegen.

„Du meinst Zentauren, Zauberwesen?", warf ich ein.

„Ihr kennt sie also auch, so gibt es sie wirklich".

„Ich habe davon gehört, doch ich glaube nicht, dass es sie wirklich gibt, eher sind sie eine Sinnestäuschung, wie so vieles was ihr falsch deutet, aber glaubt nur weiter an eure Zauberwesen die ihr anbetet", entgegnete ich schmunzelnd, „wo befinden sich die Pferde, so zeig sie mir!"

„Sie sind tief im Walde verborgen, keiner weis genau wo, schlagt es euch aus dem Kopf Herrin, ihr werdet keinen finden der sich so weit in die Wildnis wagt!"

„Du wirst mich führen, ich befehle es dir".

„Oh nein, ich werde mich nicht versündigen, es ist bei

Todesstrafe verboten, verlangt das nicht von mir", jammerte er händeringend.

„Ich glaubte bisher, du bist ein Mann, ein ganzer Kerl, aber du bist nur erbärmlicher Feigling!"

„So werde ich mich allein auf den unbekannten Weg in die Wildnis begeben, denn wisset ich bin ohne Furcht vor Geistern, noch vor einem feuerspeienden Drachen", betonte ich, „so weise mir den Weg, hernach kannst du dich verkriechen wie ein ängstliches Kaninchen, Memme die du bist!"

„Ich bin kein Feigling, das sollt ihr nicht von mir denken, ich werde euch begleiten, aber der Drache wird uns töten!"

„Ach der Drache ist es, der dir Furcht einflößt, ha – ich kann mir denken wer der Drache ist, ihn brauchst du am wenigsten zu fürchten, denn er ist eine Frau!"

„Sie war es, das gefürchtete Monster, sie, die ehemalige Herrin, doch nun ist der Spuk vorbei, denn ich bin die neue Herrin dieses Territoriums!"

„Doch über eines musst du mich noch aufklären, Hartmut, so darf ich dich doch nennen?"

„Gewiss, so lautet mein Name, fragt nur, ich bin bemüht euch Rede und Antwort zu stehen".

„Hm - ja – also, es ist recht heikel, denn ich habe die Vermutung, das dir dieses Gemach gut bekannt ist -

aeh, du zählst also auch zu ihren Liebhabern, nicht das ich es dir verüble, sie war ja recht reizend und…" Ich bemerkte wie sein Gesicht die Farbe wechselte und er prustend nach Luft schnappte.

„Schon gut, du brauchst nicht zu antworten, ich sehe dir an das du kein Unschuldslamm bist, ein stattlicher Mann wie du, sei es drum, doch wie war es, habt ihr zu dritt…"

„Nein so war es nicht!", protestierte er, in die Enge getrieben, „aeh - ich verstehe nicht recht wen ihr mit dem Dritten meint?"

„Nun ich meine den großen allwissenden Heiler, den du als den Gott der Weisheit bezeichnest, er hat doch hier mit ihr gelebt, hier in diesen Gemächern!"

„Nein, er ebenso wenig wie ich, denn er hauste in einer kleinen Hütte im Tal hinter den Kastanien und Weißdornbüschen mit Ziegen und Hühnern, ich werde euch hinführen, es ist nicht weit", bot er sich eilfertig an.

„Ja ja später, doch nun keine Ausflüchte mehr, führe er mich jetzt zu den Pferden und dem weisen Alten, dem Greis, von dem du gesprochen", bestimmte ich kauend.

Der Haferbrei schmeckte scheußlich, ebenso die Gerstenpampe, die ich angewidert beiseiteschob und mich genüsslich über den kalten Wildschweinbraten hermachte.

„Oh verzeih mir meine Unhöflichkeit, aber ich war ausgehungert, leiste mir Gesellschaft, komm stärke dich", forderte ich ihn schmunzelnd auf und reichte ihm eine fetttriefende Entenkeule.

Später werde ich die anderen Gemächer erkunden, die nun auf mich warten, dachte ich, bevor ich zum Aufbruch dränge.

„Komm, lass uns keine Zeit verlieren".

Kapitel 3: Der weise, mysteriöse Greis im Verborgenen

Wir wanderten auf verschlungenen Pfaden durch die urwüchsige Vegetation. Kaum das die Sonnenstrahlen uns erreichten. Knorrige Astgebilde, Wurzeln die sich aus dem Erdreich schlängelten und wie um Hilfe suchende Klauen mutierten, ließen sie wie verwunschene Zauberwesen anmuten.

Es war ungewöhnlich warm für die Jahreszeit, an die nur verharschte Schneereste erinnerten. Die Wintersonne stand tief, sie würde sich kaum erheben bevor sie wieder versank.
Eile war geboten, doch der Weg durch das Dickicht

wollte kein Ende nehmen. Endlich erblickte ich hinter Fichten verborgen, eine menschliche Behausung.

Mein Herz pochte wild, meine Abenteuerlust erwachte, als wir uns der Hütte näherten.

„Siehst du, kein Drache verwehrt uns den Weg", rief ich munter.

Der Schornstein rauchte und bezeugte Leben.

„Also ist er noch nicht gestorben, der legendäre Greis", doch ich bekam keine Antwort, denn hier verhielt Hartmut seinen Schritt.

„Ich gedenke keinen Fuß in dieses verhexte Haus zu setzen!" Eröffnete er mir und suchte Deckung im Gestrüpp der jungen Eschenschösslinge.

Plötzlich sah ich mich allein der Herausforderung ausgesetzt, mein Begleiter hatte sich in Luft aufgelöst.

Nun - ich hatte schon ganz andere Prüfungen allein gemeistert und überstanden.

Wer auch immer dieser Greis sein mag, ich fürchte mich nicht vor ihm, was sollte mir schon geschehen?

Beherzt klopfte ich an die Tür, ohne zu ahnen was und wen ich dort vorfinden würde, ein Gott war es mit Sicherheit nicht!

Zaghaft öffnete ich die Tür. Zunächst musste ich mich an das kümmerliche Licht gewöhnen.

Wie erwartet, erhob sich ein knorriger Alter

aufgeschreckt aus den Kissen, seine Augen weiteten sich, ungläubig starrte er mich an.

Bis sich ein stammelndes Wort von seinen Lippen löste.

„Carla – oh Carla wie ist es möglich, dass ich ausgerechnet dich noch einmal zu Gesicht bekomme".

Ich sah die jung gebliebenen Augen aus den faltigen Greisengesicht aufleuchten und glaubte einem Trugbild erlegen.

„Du bist es doch, Justin, mein alter Freund, so sehe ich dich also wieder, wie lange ist es her, welches ist es - unser 4. Oder 5. Leben?"

„Mein bester Freund und schlimmster Feind, zärtlichster Liebhaber und teuflischer Höllenfürst, du Ausgeburt der Hölle wie mir scheinen will, doch ist die Hölle dabei, dich zu verzehren!"

„Sag, wie lange hast du schon durchgehalten, ohne dich zu verjüngen, mit Sicherheit hast du längst die hundertfünfzehn überschritten, doch nun naht dein Ende!"

„Du bist zynisch und grausam in deiner strahlenden Jugend, siehst auf mich alten Greis, der den Tod vor Augen hat, mitleidslos herab".

„Hast du kein Erbarmen mit einem alten Weggefährten, der dir bis zum Wahnsinn verfallen war.

„Willst du mir nicht einen letzten Dienst erweisen, der alten Zeiten willen?"

„Ja ein Wahnsinniger bist du allemal, doch ich sehe mich keineswegs in deiner Schuld".

„Sag was ist es, was du von mir verlangst, ist es der Wunsch nach einem christlichen Begräbnis, oder nur wieder eine teuflische List?", fragte ich argwöhnisch.

„Es ist nicht viel was ich von dir verlange Schätzchen, es kostet dich nicht mehr als ein Wimpernschlag, denn mir ist zu Ohren gekommen, das du jetzt alle Macht über das gesamte Territorium besitzt".

„Mein letzter Wunsch ist es, diese Zeit hier endlich zu verlassen, sorge für eine Beförderung für mich zur Höhle, meine Beine wollen mich nicht mehr tragen, nur eine Sänfte den Berg hinauf, brauchst du zu organisieren, weiter nichts, ich bitte dich inständig!"

Ein Anflug von Mitleid wallte in mir auf.

Warum sollte ich ihm diesen letzten Wunsch nicht erfüllen, überlegte ich, soll er nur in seine Zeit zurückgehen.

Ein verhutzelter, faltiger, gebrechlicher Greis mit schlohweißem Haar, jedoch im Kopf jung geblieben.

Ich erinnerte mich noch sehr gut an den jungen smarten schönen verführerischen Frauenaufreißer, von dem nur noch die blitzenden Augen zeugten.

Ich antwortete nicht gleich, doch ich wiegte abwägend den Kopf und zog diese einfache Lösung ernsthaft in Betracht, was er offensichtlich falsch deutete, denn er fuhr fort zu lamentieren.

„Helf mir zur Höhle", flehte er mich an, „lass mich von vier Sklaven in einer Sänfte tragen, du hast alle Macht dazu und du wirst mich, nur Augenblicke später, als stattlichen Jüngling von 30 – 40 Jahren mit festen Schritten wieder aus der Höhle treten sehen".

„Ah – ich verstehe, jetzt durchschaue ich deinen Plan du Teufel, oh nein, das werde ich gewiss nicht tun, nie wieder werde ich dir entgegenkommen, immer ist daraus eine Katastrophe erwachsen".

„Du hast mich schon wieder als Opfer ausersehen, doch dieses Mal wird es dir nicht gelingen, mich zu manipulieren und für deine Zwecke gebrauchen, zu oft hast du mich schon arglistig getäuscht", entgegnete ich aufgebracht.

„Viele Jahre meines Lebens hast du mir verdorben, mir unsägliches Leid zugefügt".

„Oh welch harte Worte, wie du alles verdrehst, wie undankbar von dir, hast denn all die heißen Nächte vergessen, habe ich dich nicht vortrefflich versorgt?"

„Bah, alles war nur auf Lügen und Intrigen

aufgebaut", empörte ich mich leidenschaftlich.

„So habe ich dir doch niemals ein Leid zugefügt, noch dir jemals nach dem Leben getrachtet!", warf er ein.

„Oh, du hast mir übel mitgespielt, mehr als einmal konnte ich gerade mein Leben retten!"

„Ich weis alles, so weis ich, wie du hinter unserem Rücken intrigiert und unseren Tod geplant hast, war es nicht so auf der Insel in der Südsee?"

„Was war damals, als du uns mit der schweren Kutsche überrollen und zermalmen wolltest und nicht zu vergessen, dein satanischer Plan, mich zu erschießen in dem alten Gutshaus... nichts dergleichen möchte ich mehr erleben".

„Ich werde dir ein paar ergebene tüchtige Sklavenweiber schicken, welche dich bestens versorgen werden, du wirst keinen Mangel leiden".

„Ist das dein letztes Wort?"

„Ja, mehr bin ich nicht Willens für dich zu tun".

„Du weigerst dich also, mir auf den Berg zu helfen... nun gut, so wirst du meine Rache zu spüren bekommen, du kaltherziges, überhebliches Weibsbild du wirst es noch bitter bereuen, denn meine Rache wird fürchterlicher sein, als du zu denken vermagst!", grollte er, schloss die Augen und würdigte mich keines Blickes mehr.

„Was glaubst du, noch tun zu können du armer Irrer, mich kannst du nicht mehr schrecken", murmelte ich und verließ ihn, mit hastigen Schritten suchte ich Abstand zu gewinnen.

Blindlings stolperte ich über den vermoosten Pfad, ohne mich noch einmal umzusehen.

Meine Wut ebbte allmählich ab und wechselte in Unverständnis, ich musste das soeben erlebte verdauen.

Hinter der nächsten Wegbiegung vermutete ich Hartmut, doch er würde mein Tun nur behindern, denn plötzlich entsann ich mich wieder des eigentlichen Grundes meiner Aktion, die Pferde ausfindig zu machen.

Wenn es sie gab, musste irgendwer Sie weiter gezüchtet haben, war mir klar. So lief ich den Weg zurück, stapfte an der Hütte vorbei und erblickte nicht weit entfernt den Stall. Er war natürlich verriegelt.

Mutlos starrte ich auf die schweren, eisernen Riegel, die mir den Zugang wehrten.

Doch zu meiner Erleichterung, sah ich kein Schloss vor dem Riegel.

Wenn sie es geschafft hat sie aufzuschieben, so würde es mir auch gelingen, dachte ich und machte mich ans Werk.

Mit allem Kraftaufwand gelang es mir schließlich, sie zu öffnen.

Aufatmend stieß ich das quietschende Tor auf und wurde für meine Mühen belohnt.

Dort standen Sie!

In dem hereinfallenden Licht, wendeten sie schnaubend ihre Köpfe. Sie kennen mich, denn ich bin ja Sie, ihre vertraute Kontaktperson.

„Oh ihr Schätzchen, ich sehe es ist höchste Zeit für eure Haferration", murmelte ich ergriffen und nahm sie näher in Augenschein.

Drei prächtige Tiere schauten mir erwartungsvoll entgegen.

Sie schienen gepflegt und gut genährt, wie ich es als Laie übersah.

Ein Himmelreich für ein Pferd, hatte ich noch auf dem beschwerlichen Weg hierher gedacht.

Nun standen sie leibhaftig vor mir. Während ich den Futtersack vor ihnen leerte, erschien mir die ganze Angelegenheit zu umständlich.

Ich werde in der Siedlung einen Stall für sie bauen lassen.

Günter würde sich liebend gern ihrer annehmen, überlegte ich weiter. Doch Günter war ja nicht mehr hier.

Schade, so werde ich die Aufgabe übernehmen müssen.

Euphorisch sattelte ich die Stute, nachdem ich alle Drei versorgt hatte und schwang mich beherzt auf ihren Rücken. Sie ließ es geduldig über sich ergehen. Oh welch ein erhabenes Gefühl, die Wildnis von oben unter mir vorbeiziehen zu sehen.

Das Sattelzeug war keineswegs veraltet, wie ich erstaunt feststellen konnte, eher war es auf dem neusten Stand, nun gut, wundern würde ich mich später, man soll die Annehmlichkeiten voll auskosten. Ich spornte die Stute zum Galopp an und jagte durch das Dickicht dem Ort entgegen.

Die Bäume huschten an mir vorbei, ich schwebte, flog gleichermaßen durch die Wildnis über die Steppe, als ich die Enge des Waldes hinter mir gelassen hatte.

Doch meine Euphorie bekam alsbald einen Dämpfer. Von weiten gewahrte ich schon die Männer, welche laut palavernd meinen Weg säumten und mir dreist den Weg verstellten.

Ich erkannte den Hauptmann mit einigen seiner Recken.

„Gebt mir auf der Stelle den Weg frei, hinfort mit euch, Gesindel", zischte ich verdrossen zwischen den Zähnen hervor, „oder ich werde euch zermalmen".

„Von Stund an seid ihr mir untergeben, eure
Feudalstellung ist abgelaufen, alles wird sich nun
ändern!“

Ein Schauer des Widerwillens und der Empörung,
veranlasste mich die Peitsche zu erheben.

Das Pferd bäumte sich gefährlich auf und ließ die
Kerle auseinanderspringen, ich konnte ungehindert in
die Siedlung einreiten.

Die Leute, die gerade noch mit allerlei Tätigkeiten in
Haus und Hof beschäftigt waren, strömten
aufgeschreckt aus ihren Behausungen und scharten
sich auf den Gehwegen, als sie mich hoch zu Ross in
eiligem Galopp erblickten.

Ich hob die Arme und senkte sie, als Zeichen - alles ist
gut - es besteht keine Gefahr für euch – nicht heute
und nimmermehr!

„Ich werde dafür Sorge tragen, dass ihr all eure
Rechte wiedererlangt, von Stund an seid ihr wieder
freie Bürger, ebenso frei wie die Männer der Truppe,
sie können euch nichts mehr antun“, sprach ich so
überzeugend wie möglich.

Doch ich hatte Zweifel, wie sollte ich diese rüde
Bande in Zaum halten und ihnen klarmachen, dass sie
in Zukunft andere Aufgaben zu erfüllen hatten.

Würden sie mich ernst nehmen oder mich höhnisch

auslachen und sich mir widersetzen?

Während ich fieberhaft überlegte, welchen Schritt ich als nächstes vollziehen sollte, trat der Hauptmann scheinbar geläutert aus der Menge hervor.

„Was ist euer Anliegen, so sprecht, oder solltet ihr meine Anordnung nicht verstanden haben?"

„So ist es Herrin, ich muss zugeben, ich habe euch nicht recht verstanden, sind wir nicht zum Schutz des niederen Volkes und eurer Herrlichkeit bestimmt?"

„Ja zum Schutze des Volkes, vor fremden Eindringlingen, plündern - und mordenden Räuberbanden und Überfällen feindlicher Truppen, und was habt ihr bisher getan?"

„Anstatt die braven Bürger zu beschützen, habt ihr sie geknechtet und ihrer Freiheit beraubt!"

„Aber die Herrin hat es so befohlen", rief er.

„Die Herrin bin ich und ich befehle: Euch auf eure angemessene Berufung zu besinnen!", erhob ich drohend meine Stimme.

„Und wenn wir uns weigern – he!", entgegnete er herausfordernd.

Ein vielstimmiges Murren hatte sich indes erhoben, das Volk muckte zum ersten Mal auf und wartete nun gespannt auf meine Antwort.

„Wer sich nicht meinen Anordnungen fügt, wird

umgehend mit dem Tode bestraft!", rief ich mit bebender Stimme.

Doch ich merkte, mit Worten allein, konnte ich sie nicht beeindrucken. Unbehaglich, in die Enge getrieben, spielte ich meinen letzten Trumpf aus und griff blitzschnell in die Innentasche meines geräumigen Mantels, in der ich neben der Taschenlampe und diversen nützlichen Dingen, meinen Colt wusste.

Ich schoss an den Wegrand und traf zufällig ein Huhn, das augenblicklich sein Leben aushauchte, sodann richtete ich die Waffe auf den verdutzten Hauptmann. Der ohrenbetäubende Knall erhob sich zum Berge und schallte hundertfach zurück.

„Wagt es nicht, mir noch einmal den Gehorsam zu verweigern", zischte ich gefährlich und setzte meinen Weg fort.

Ich fühlte alle Augen auf mich gerichtet, spürte sie in meinem Nacken, als ich das Haus, mein neues Domizil erreichte.

Buh – das wäre erstmal geschafft, doch was sollte jetzt mit dem Pferd geschehen, wo sollte ich es unterbringen?

Mir fiel die Hütte - Günters wieder ein, die jetzt leer stand.

„Bringt es in die Unterkunft des weisen Heilers!"
befahl ich den Sklaven, die sich neugierig vor dem
Haus versammelt hatten und betrat müde und
erschöpft von den Querelen, der Nerven
beraubenden Stunden, die schützenden Mauern.

Kapitel 4: Die falsche Welt

.

Die folgenden Tage verbrachte ich vorwiegend mit
Pläne schmieden. Mein weiteres Vorgehen musste
gut durchdacht sein.
Was hatte ich mir da aufgebürdet, in einer
Anwandlung von Überheblichkeit.
Allein unter Halbwilden, Unwissenden.
Ich musste mir eingestehen, das Günter mir unsäglich
fehlte, ein kluger starker Mann an meiner Seite.
Er wusste immer, mir mit Rat und Tat zur Seite zu
stehen, doch nun musste ich ohne ihn
zurechtkommen.
Ich hätte mich nie auf diesen Deal einlassen dürfen,
schalt ich mich täglich aufs Neue, doch was blieb mir
nun anderes zu tun. Wie hätte ich mein plötzliches
Erscheinen auch erklären sollen.
Nun musste ich meine ehrenvolle Aufgabe und mein
Versprechen, das Volk aus der Knechtschaft und der
Sklaverei zu befreien, einlösen und zu Ende führen.
Doch mich plagten bereits erste Zweifel an der
Richtigkeit meiner Einmischung.
Hat es nicht schon immer zu allen Zeiten, Herren und
Knechte gegeben, Starke und Schwache, Kleine, und
kräftige Menschen, Arm und Reich, Gewiefte, Kluge,

Listige und hingegen Einfältige.

Clevere, Kriecher, Dümmliche, ohne Mumm und Perspektive, bestimmt den Starken zu dienen und von den Brocken, welche von dem Tisch des Herren fielen, ernährt zu werden, gab es zu allen Zeiten.

5 Tage hatte ich mich in den Gemächern meiner Vorgängerin verkrochen. Auf der Suche nach weiteren Gemächern, sah ich mich getäuscht, das Obergeschoss des Hauses bestand aus nur einem weiteren Raum, vollgestopft mit unnützen, vermutlich geraubten Utensilien aller Art.

Eine beachtliche Ansammlung von Waffen, Schwertern, Lanzen, Säbel und Speeren, die ich betastete und zu meinem Erstaunen feststellte, das sie allesamt aus Bronze oder Kupfer waren.

Meine Güte, sollte ich mich wahrhaftig noch in der Bronzezeit befinden, lange vor der Eisenzeit?

Nach 6 Tagen endlich, machte mir Hartmut seine Aufwartung.

Verlegen trat er von einem Bein auf das andere, knetete nervös seine Hände, ehe er stockend zu stammeln begann.

„Ich bin untröstlich Herrin, habe versagt, bin es nicht Wert, mich euren ergebenen Diener zu nennen, wenn ihr künftighin auf meine Dienste verzichten wollt, so aeh – so werde ich mich klaglos zurückziehen", murmelte er und senkte beschämt sein Haupt.

„Ich vergebe dir deine Unvernunft, vermutlich hast du nicht anders handeln können, ein jeder hier hätte sich so verhalten, ihr seid verblendet und irregeführt, verbohrt in eurem Wahn und Zauberglauben".

„Nun gut, ich kann euch nicht bekehren, die Zeit ist noch lange nicht reif".

„Ich verstehe nicht, was wollt ihr damit sagen, die Zeit ist noch nicht reif?"

„Ach es ist sinnlos, vergiss meine Worte und beweise mir nun deinen Mut, führe mich zu der Kaserne, ich muss den Hauptmann sprechen, später geleitest du mich zu der verwaisten Hütte des Heilers".

„Oh die Hütte ist nicht mehr unbewohnt".

„Ja ich weis, ein Pferd bewohnt sie", erwiderte ich lachend.

„Ihr versteht mich falsch Herrin, der allwissende Heiler, der Gott der Weisheit ist wieder zurückgekehrt, welch Segen für uns, das ganze Dorf feiert seine Rückkehr".

„Ein großes Jubelfest mit Musik, Speis und Trank und …aeh – die Herrin sollte nicht fehlen!"

„Ach, was du nicht sagst, so können wir uns diesen

Weg ersparen, überbringe ihm einen Gruß von mir, wenn du ihn wiedersiehst, sage ihm … ach, sage nichts", erwiderte ich zaghaft.

Doch meine Worte straften meine aufgewühlten Gefühle Lügen. Er ist wiedergekommen, meinetwegen, jubelte es in mir.

„So will ich dich nicht von dieser großen Feier abhalten, geh nur", fügte hinzu.

„Aber wollt ihr ihn nicht selber aufsuchen, ist keine Freude in euch? ist er nicht ein Anverwandter, eures gemeuchelten Gatten Vater?"

„Das mag wohl so sein, aber ich habe meine Gründe ihn zu meiden, doch das geht dich nichts an", murmelte ich und entließ ihn, schob ihn entschlossen aus dem Raum.

Er ist also wieder da, meine Emotionen flatterten wie Schmetterlinge in meinem Kopf.

Alles war plötzlich anders, hatte ich doch längst mit ihm abgeschlossen.

Nun würde es nicht ausbleiben, dass wie uns öfters sehen, doch es ließ sich nicht vermeiden, dass wir uns begegneten, uns plötzlich gegenüberstanden und dann?

Die Tage vergingen.

Es war mir nicht mehr möglich einen Schlussstrich zu

ziehen, wusste ich ihn doch stets in meiner Nähe.
Die vielen Jahre die uns verbanden, konnte ich nicht
so einfach auslöschen und wenn ich ihn sah, seine
Augen, mein Gott, solche blitzenden Augen die alle
Verheißung und Qual des Universums ausdrückten,
zog sich mein Magen schmerzhaft zusammen.
Ich wusste mit allen Fasern meines Seins, dass ich ihn
noch immer liebte.
Sah ich ihn nicht immer als einen Teil von mir?
Doch er war andere Wege gegangen, hatte mich
verleumdet.
Die Eifersucht die brannte noch immer unerträglich.
Konnte ich mich überwinden zu gehen, nachdem ich
alles in die Wege geleitet hatte und mich an meinem
Erfolg erfreuen konnte, würde ich guten Gewissens in
meine Zeit gehen können?
Notgedrungen gewöhnte ich mich allmählich an die
versunkene Zeit, einer Zeit ohne jegliche
Wärmequelle und ohne Bad in meinem Gemach.
Nur in der unteren Halle, welche das gesamte
Gemäuer durchzog, gab es eine offene Feuerstelle.
Mein Nachtlager ließ ich mit heißen Steinen
erwärmen. Das Bettzeug war klamm, alles war feucht
und strömte einen muffigen Geruch aus.
Ich fror entsetzlich, in meiner selbstgewählten

Unterkunft. Im Winter kamen wir oft nicht aus dem Schatten des Berges.

Günter mied ich weiterhin, noch konnte ich ihm seine Untreue nicht verzeihen, zu tief hatte er mich verletzt.

Ich gab ihm keine Gelegenheit mich allein zu treffen, hielt mich von ihm fern, mied ihn kontinuierlich.

Die Truppe die noch immer bestand, folgte mir unterdessen blindlings, denn der rüde Hauptmann war mir mittlerweile sehr zugetan.

Was las mein Liebster wohl in meinen Augen, wenn unsere Blicke sich trafen!

Was wäre wenn die Recken nicht wären, die mich auf Schritt und Tritt patrouillierten und mit Argusaugen bewachten.

Ich glaube, Er hätte mich schon längst entführt, war er doch ein Nachkomme barbarischer Raubritter, die sich erbarmungslos nahmen wonach ihnen gelüstete.

Alte Gefühle brodelten in mir auf, ich konnte nicht wiederstehen ihn zu sehen und sei es nur aus der Ferne, verborgen hinter Büschen betrachtete ich meinen einzigen Liebsten, hatte ich mir auch geschworen ihn keines Blickes mehr zu würdigen.

Es war längst an der Zeit, die Truppe aufzulösen, sie war nicht mehr von Nöten, denn Günter verfügte über hochwirksame Waffen, viel wirksamer als jeder

Speer, jede Lanze oder Schwert, welche nur im Nahkampf erfolgreich waren.

Sie wiederum, verliehen ihm alle Macht gegen aufsässige Krieger und unliebsame Eindringliche in unser Reich.

Nicht den prahlerischen Hauptmann hatte er in seine Pläne einbezogen, sondern einen ehrbaren, ehemaligen Kaufmann, den er für würdig und zuverlässig erachtete.

Es störte ihn keineswegs, dass er ein ehemaliger, entflohener Gefangener war. Hartmut war es, der sein Vertrauen und seine Freundschaft gewannen und sich fortan als sein engster Vertrauter rühmen konnte.

Nun war eine Kostprobe seiner uneingeschränkten Macht angebracht, um das Zepter zu übernehmen.

Kapitel 5: Die unbekannte Macht

.

Günter hatte das erste Frühlicht vor Sonnenaufgang
für seine Aktion gewählt.

Eine simple Geschicklichkeitsprobe sollte es nur sein.

Die Armee wurde beordert, es galt, mit
Schießübungen sein Können zu beweisen.

Die Lanze in der Hand, den Degen am Gürtel, ihre
Bögen mit den Pfeilköchern, die sie über der Schulter
trugen, traten sie an.

Der Hauptmann brüstete sich lautstark mit seinem
Können, jeden anderen zu übertreffen und fühlte sich
siegessicher.

Als erste Probe kam eine Rotte von Wildschweinen
sehr gelegen, die man als Ziel der Treffsicherheit und
Schnelligkeit der Schützen wählte.

Später galt es, möglichst viele einer Schar Krähen vom
Himmel zu holen.

„Bah – keiner schießt so zielsicher wie ich", brüstete
sich der Hauptmann dröhnend lachend und ließ seine
Lanze angeberisch in seinen Händen tanzen.

„Ihr mögt zwar ein findiger Übermensch, ein kluger
Gelehrter sein, jedoch mit handfesten Waffen wisst
ihr nicht umzugehen!", protzte er und warf sich in die
Brust.

„Wo ist euer Speer, ich sehe nur läppisches Kinderspielzeug an eurem Gurt", fuhr er fort zu lästern.

„Ein jeder wählt die Waffen die ihm beliebt, war ausgemacht", erinnerte ihn Günter, „und nun schweigt endlich, Angeber der ihr seid, Hartmut fungiert als Adjutant", fügte er gelassen hinzu.

Ich war von Hartmut eingeweiht in seine Pläne und verfolgte das denkwürdige Geschehen neugierig aus sicherer Entfernung.

Nebelschwaden waberten über den Wiesen, zerrissen und gaben mir schließlich die Sicht frei.

Der heisere Ton der Lure erklang schauerlich, zerriss die Morgenstille und ließ mich erbeben.

Während der Hauptmann und seine Recken hastig nach ihren Waffen griffen und sie abschossen, fasste Günter bedächtig in seinen Waffengürtel, schwenkte sein Schnellfeuergewehr in die Tierrotte und erlegte sie allesamt in Sekundenschnelle mit einer einzigen Salve.

Sodann richtete er sein Gewehr mit einer fließenden Bewegung in die Höhe und holte die Krähen aus der Luft, von einem ohrenbetäubenden Geknatter begleitet, welches an Lautstärke nie seinesgleichen erlebt hatte und den friedlichen Ort jäh in einen

Hexenkessel verwandelte.

Die Erde riss auf und gebar hundert kläffende Höllenhunde, die sich mordgierig auf alles Lebende stürzen würden und die Männer in Todesangst auseinanderfahren und die Flucht ergreifen ließ.

Sie sahen noch die schwarzen Vögel vom Himmel fallen, ehe sie sich niederwarfen und den Göttern ergaben.

Dass war die Rache der Göttin, die in ihrem unbändigen Zorn die Welt erbeben und die Erde, brüllende Höllenhunde und Dämonen, ausspeien ließ.

Doch war es nicht eben solch ein donnerndes Krachen, welches die Göttin selbst niedergeschmettert hatte?

Denn nichts weiter geschah!

Der Donner verklang.

Günter saß unbeschadet auf seinem Ross und spähte grinsend den ach so mutigen Kämpfern, die sich in die Hecken verkrochen hatten, hinterher.

„Ich sehe, ich allein habe den Sieg errungen, gegen eine Horde ängstlicher Hosenscheißer!", ließ er seine Stimme spöttisch erschallen und wendete sein Pferd zum Rückzug.

„Sammelt das Wild ein, weidet es aus und bringt es den Kochfrauen, mögen sie ein Festmahl bereiten, wir werden 3 Tage lang meinen Sieg und meine Herrschaft neben der Herrin feiern".

„Fortan seid ihr meinen Befehlen untergeben, bis ich euch wieder auf die Jagt schicke, was nun und künftig eure Aufgabe sein wird!"

„Die Herrin bedarf eurer nicht länger, denn ich werde morgen im Herrenhaus Einzug halten," fuhr er fort.

Ich hatte seine energischen Worte vernommen, sollte sich nun alles zum Guten wenden? Würden wir wieder zusammenfinden und zu einer Einheit erwachsen wie früher?

Ich spürte den leichten Luftzug und ein Kribbeln im Bauch, als er, nur Meter von mir entfernt an meinem Versteck vorbei preschte.

Er war wieder der Alte, stolz, selbstbewusst, aufrecht und vertrauenseinflößend, bisweilen mit versteckter Ironie gespickt.

Genau die richtige Mischung, um nicht arrogant zu wirken, nicht mehr der träumende Narr, der zwischen Weiberschenkeln gebettet, die Zeit verdämmerte.

Graf Günter von Elzen, der nicht im Schloss seiner Vorfahren dem Müßiggang frönte, sondern sein Brot als ehrbarer, geachteter Landarzt verdiente.

Günter, mein Liebster, der vor vielen Jahren und 7 Leben, mich als Gattin erwählt hatte, sinnierte ich verträumt auf dem Weg in mein Domizil.

Mag er nur kommen und Einzug halten in dem leeren Haus, das für mich allein viel zu groß war.

So würde mir meine Entscheidung abgenommen, recht so, wir gehören zusammen bis in alle Ewigkeit.

Oh wie verlangte es mich nach seiner Nähe, seiner starken Arme…

Ein wohliger Schauer lief über meinen Rücken, elektrisierend, die aufgeladene Spannung zwischen uns, würde sich bald entladen können.

Doch ich wollte dem Schicksal nicht vorgreifen.

Dennoch konnte ich nicht länger an mich halten und versammelte die Dienstboten.

„Richtet ein Lager in der großen Halle, mit vielen Kissen und Truhen her, nehmt diese, ich benötige sie nicht, teilt den Raum ab mit dem kostbaren Wandteppich, eure Männer sollen euch dabei helfen", rief ich euphorisch. Alles andere würde sich ergeben.

Ich schwebte wie auf Wolken, konnte seinen Einzug nicht erwarten. Morgen schon, morgen bin ich nicht mehr allein.

Alle Entscheidungen würden wir fortan gemeinsam treffen, oh welch eine erdrückende Last wird von meinen Schultern genommen.

Und dann, vielleicht schon in wenigen Wochen, wenn

alles geregelt ist, werden wir gemeinsam in unsere Zeit zurückgehen und unser gewohntes Leben wiederaufnehmen.

Ach wie sehnte ich mich nach unserem behaglichen Nest, dem kuscheligen Sofa, dem Fernseher, hellem elektrischen Licht auf Knopfdruck, reinem heißen Wasser nach Belieben aus der Leitung und nicht zuletzt meinen geliebten Garten vor der Villa am Berge, in eben diesem Tal, all das sah ich bildlich vor mir zum Greifen nahe.

Nur wenige Schritte, doch 3000 Jahre weit entfernt. Nun konnte ich es kaum noch erwarten, dieser düsteren Zeit hier zu entkommen.

Ich brauchte nur den Hang erklimmen, die Höhle, den Zeitkanal betreten und mich in meine Zeit beamen - mit ihr verschmelzen.

Bald würde mir alles nur noch als böser Albtraum erscheinen, doch das Wissen um die alte Zeit, die ich selbst miterlebt hatte, wird bleiben.

Ich weis nicht mehr, wie ich diesen Tag herumbrachte, er zählt nicht, denn morgen würde mein Leben neu beginnen, eine Nacht noch und alles würde anders – leichter für mich sein, mit einem klug -taktierenden Mann an meiner Seite!

Schlaflos wälzte ich mich in den Kissen. Im ersten

Licht des neuen Morgens, erhob ich mich, nervös, aufgeregt der Dinge harrend, die auf mich zukommen sollten und eilte ungeduldig in freudiger Erwartung aus dem Haus auf den Hügel, von dem aus ich alles übersehen konnte.

Das Leben erwachte.

Ich sah etliche der wackeren Männer und alte Frauen ihre Behausung verlassen und zielstrebig auf den Dorfplatz strömen, einer Demo gleich, wie ich sie aus meiner Zeit kannte.

Nanu, was wird das, ein Aufstand?

Ein nahes Geräusch ließ mich auffahren. Ich glaubte, Günter wäre genauso ungeduldig wie ich und konnte es nicht erwarten mich zu sehen.

Doch der zeitige Wanderer war von anderer Statur.

„Wotan, du bist es nur!", sagte ich enttäuscht, „was treibt dich so früh aus dem Haus, dir fehlt ein Weib, es wird Zeit, die Frauen zurück in unsere Siedlung zu holen".

„Oh, das ist nicht möglich Herrin, die Frauen und Mädchen sind einst verkauft worden, gegen gute Ware eingetauscht, ein ertragreicher Tauschhandel", grinste er.

„Wenn ihr mich fragt, so hätte ich gern ein paar Weiber behalten, doch so blieb mir nur…"

„Ich verstehe!", bemerkte ich, ebenfalls grinsend.

„Oh nein, es ist nicht wie ihr glauben mögt, keine Knaben, aeh – ein liebestolles Weib blieb uns erhalten."

„Eine einzige Hure für euch alle?, ich bin erstaunt, die gewisse Dame wird ja über die Maßen beansprucht, wo steckt sie, warum habe ich sie noch nicht gesehen?"

„Nun, sie weilt nicht mehr unter den Lebenden!"

„Ach die Ärmste, das war vermutlich zu viel für Sie, so viele potente Männer, welche Krankheit hat sie niedergerafft?", fragte ich naiv.

„Mich erstaunt, dass ihr sie bedauert, hatte sie es doch auf euer Leben abgesehen".

„Ich verstehe nicht recht von wem du sprichst guter Mann, wer sollte mir nach dem Leben trachten?"

„SIE war es – SIE - die Herrin, die eure Anwesenheit nicht ertragen konnte und euch unbedingt beseitigen musste".

„Ah, jetzt geht mir ein Licht auf, nun fügt sich alles zusammen, dieses kleine Luder, eine Ausgeburt der Hölle, Sie hat euch also allesamt beglückt!"

„Nein nicht alle, aber…"

„Ja so ein Mannsbild wie du, der Hartmut, deine Recken und der große Heiler, waren ihre bevorzugten

Bettgenossen, eine unersättliche Nymphomanin, jetzt verstehe ich alle Zusammenhänge!"

„Ja ja, sie wollte die einzige – die alleinige Herrscherin über die gesamte Männerwelt sein und bleiben, deshalb mussten alle anderen jungen Frauen weichen und aus diesem Reich verbannt werden, welch ein egoistischer, teuflischer Plan".

„Doch was nötigt dich mich aufzusuchen, es ist doch kein Zufall, dass wir uns hier begegnet sind?"

„Ich wollte euch meine Aufwartung machen, ihr bedürft den Schutz eines echten Mannes!", raunte er und legte anzüglich seine Hand auf meinen Arm.

„Was erdreistest du dich, glaubst du etwa du könntest – also ich wäre wie sie?", rief ich aufgebracht und griff nach seiner Hand, um sie von meinen Schultern zu lösen.

Das knirschen im Schnee ließ mich aufsehen.

Günter, mein Liebster löste sich aus den Büschen, mein Herz schlug Purzelbäume, doch was er sagte, verdarb augenblicklich meine Stimmung.

„Ich sehe, meine Anwesenheit ist nicht mehr erwünscht, ich bin überflüssig, geh nur bald in deine Zeit zurück, ich komme auch ohne dich klar!"

„Nein, so ist es nicht, du täuscht dich, komm nur, ich

warte so lange schon auf dich", doch weiter kam ich nicht, meine Sehnsucht nach ihm zu beteuern.

Kapitel 6: Der Himmel stürzt ein.

.

Ein fürchterlicher Knall vieler Explosionen gleich, erschütterte den Boden, dröhnte schauderlich in den Ohren, etwas Grauenvolles war geschehen.

Es donnerte, blitzte und krachte fürchterlich.

Ein greller Blitz - ein flammendes Inferno, alles zerstörend - die Strafe der Götter, das jüngste Gericht - die totale Apokalypse war angebrochen.

Dort im Berg, wo einst die Höhlen waren, gähnte ein riesiges Loch. Nein - vielmehr ein unendliches Nichts unter dem weiten Himmel.

Viel schlimmer als das, denn es gab dort gar nichts mehr. Zertrümmerte Felsbrocken, Geröll und Staubpartickel schwebten im Raum wie bei einem Wüstensturm, der Himmel hatte sich verdunkelt, war eingestürzt.

Die Menschen warfen sich entsetzt auf den Boden, den Weltuntergang erwartend.

Noch immer regnete es Feuer, Gestein und Eisensplitter, es klang wie ein Donnern aus den Tiefen der Erde. Eine Todeswolke schwebte über uns.

Büsche und einige Hütten hatten Feuer gefangen.

Erschüttert starrte ich auf den Scherbenhaufen, den Ruin meines Lebens, meiner Zukunft, es gab keine

Zukunft mehr, noch die Möglichkeit mich jemals mehr zu verjüngen.

Die Zeitzone, unser Zugang in andere Welten und Zeiten war für immer zerstört, wir waren verloren, verdammt in tiefster Vergangenheit unser Leben auszuhauchen in den fernsten Tiefen der Zeit.

Ein lautes Wehklagen erhob sich.

„Wehe uns!" Fern tönte Donnergrollen wie Düsenflieger nach.

Die Welt war untergegangen.

Doch es war nicht das weltliche Geschehen, kein Film, keine Bestimmung der Götter, all das war von Menschenhand geplant und ausgeführt.

„Sie war es in ihrer Verwerflichkeit, die Göttin hat die Erdgeister erzürnt, eine unberechenbare Bestie in Menschengestalt war sie, ich habe es selbst gesehen, sie hat den Erdgeist aufgesucht, der jedoch hat ihr gegrollt".

„Sie aber hat nur gelacht, doch das Grollen folgte ihr nach, nun hat es sich entladen!", berichtete Hartmut später.

In unserer Zeit war es der 31 Dezember 1899, ein denkwürdiger großer Tag, den ich mit Feuerwerk, Champagner, Musik und Tanz im Schloss zu verbringen, gehofft hatte.

Das ist nun also das Feuerwerk, dachte ich grimmig und suchte mit den Augen nach meinen Liebsten, der mich erneut verschmähte.

Doch ich sah keine Feindseligkeit mehr in seinen Augen, nur ungläubiges Entsetzen.

Er- mein Gefährte ging neben mir, war an meiner Seite. Er faste zaghaft nach meiner Hand. Ich zuckte zurück, doch dann ließ ich es geschehen.

Der Groll brodelte noch tief in mir und ließ mich erstarren.

„Du liebst mich also nicht mehr? – duldest mich nur!"

Ich schüttelte wild den Kopf - blickte zur Seite und sprudelte emotionsvoll die Worte heraus, die so lange schon in mir kochten und gesagt werden mussten.

„Meine Gefühle für dich sind nicht einfach so verpufft, sondern gewaltsam getötet durch das Wort Untreue".

„Das hässliche zerstörerische Wort Untreue und Verrat, hat alle tief eingebrannten Gefühle in einem einzigen Moment erlöschen lassen, wie die Flamme einer Kerze im Sturmwind, so hilflos einsam und unbeschützt hast du mich zurück gelassen".

„Wie könnte ich das so einfach vergessen!"

Betroffen senkte er seine Augen in Meine, seine Blicke sprühten Funken, doch er wandte sich nicht ab, der Druck seiner Hand brannte und versengte mich. Ein irrer Glückstaumel erfasste mich, als er mich behutsam in seine Arme zog.

„Verzeih - oh verzeih mir meine Verirrung, du meine Einzige - Licht meines Lebens", hauchte er mir ins Ohr. Mich lähmte das Grauen, ich konnte den Anblick der Verwüstung nicht länger ertragen und zog mich, am ganzen Körper zitternd, in meine Gemächer zurück. Morgen würden wir mit den Aufräumarbeiten beginnen.

Doch ich fand keine Ruhe allein in dem kalten Haus. Wenn ich doch nur ein Buch hätte, um mich abzulenken, dachte ich verdrossen und rief nach den Dienstboten.

Vom Fenster aus, sah ich Günter unermüdlich werkeln und lauthals Befehle erteilen. Neben ihm, stolzierte wichtigtuerisch Hartmut, der neben dem Hünen, zwergenhaft erschien.

Ein düsteres Bild bot sich am folgenden Tag meinen Augen, als ich ins Freie trat.

Zwischen dem Geröll, fand man die verkohlten und fast bis zur Unkenntlichkeit, verstümmelten Überreste des Leichnams von Justin.

Nun war uns klar, wer diese unglaubliche Freveltat

begangen hatte, doch wie war das möglich, wie konnte es dazu kommen.

In der Not und demselben Schicksal, dass uns erschütterte, hatten wir uns schnell wieder versöhnt, wir brauchten einander mehr denn je.
Die magische Anziehungskraft war zu groß, wir vermochten ihr nicht länger zu widerstehen.
Wir lebten nun zusammen in dem großen Steinhaus, dem einzigen Gebäude dieser Art im Dorf.
Das jedoch erregte die Gemüter, es war nicht gut und nicht rechtens, es missfiel den Bewohnern, sie murrten.
So blieb uns nichts Anderes, als im Angesicht des Volkes, hier unsere Ehe schließlich zu vollziehen.
Somit waren wir wieder eine starke verschworene Einheit, wie früher immer.
Wenn man über seine Sorgen und Nöte reden kann, so halbiert es den Kummer, doch die Aussicht, unser weiteres Leben hier in dieser Unzeit fristen zu müssen, zermürbte und ließ uns verzweifeln, wir wollten mehr als nur in Frieden leben.
Der Möglichkeit in unsere Zeit zu gelangen beraubt, suchten wir akribisch nach einem Ausweg aus dieser Tristesse.
Doch was blieb uns zu tun?

Der Eingriff in die Zeit, den der verrückte Justin verursacht hatte, musste wieder in Ordnung gebracht werden.

Die Sklaven hatten ihre Freiheit zurückerlangt, trugen nun selbst die Verantwortung für ihr Wohlergehen, doch die kampflustige Truppe, führte ihre Raubzüge in benachbarte Gebiete heimlich fort.
Ich kochte vor Wut, wenn ich ein über das andere Mal, davon erfuhr.
Sie sollten, wie alle Anderen, für ihren Lebensunterhalt, ihre eigene Scholle - ein Stück Acker bebauen.
„Ihr könnt sie zwingen Herrin, euer Gatte hat die Macht dazu, er kann sie mit seinen Wunderwaffen mit Leichtigkeit überwältigen".
„Und notfalls auch – also die Uneinsichtigen niedermetzeln, die übrigen werden sich dann schon fügen!", ereiferte sich Hartmut, unser ergebener Vertrauter.
„Ja das könnte er freilich, doch er will keine unnötige Gewalt anwenden, wenn es sich vermeiden lässt, so bleibt mir nur noch ein letzter Versuch in Güte".
Ich ließ die Truppe zusammen trommeln, stellte mich auf die Plattform, hob theatralisch die Arme und rief mit erhobener Stimme die berühmten Worte:

„Schwerter zu Pflugscharen, Schluss mit den Raubzügen, ihr habt keine Sonderstellung mehr, der Turmwächter genügt, möge er kräftig ins Horn blasen bei Gefahr!"

„Doch eine Aufgabe habe ich noch zu befehligen, die viel List und Fingerspitzengefühl und eure ganze Hingabe erfordert, ohne Gewalt und Blutvergießen, versteht sich".

„Beschafft euch um Himmelswillen ein Weib und gründet Familien, zeugt Söhne und Töchter, erzieht sie in göttlichem Glauben, zu rechtschaffenen Bürgern, auf das unsere Siedlung neu erblüht!"

„Alles Andere wird mein Gatte, der weise Heiler erledigen, denn er hat Zaubermächte, hört auf meine Worte, sonst ist das Volk dem Untergang geweiht".

„Hört hört Männer, ein Weib dürfen wir uns suchen, wenn es der Herrin genehm ist, so fügen wir uns gern".

„Also los Männer, auf geht's, lasst uns keine Zeit verlieren und Kinder machen, wenn ihr noch wisst wie das geht ha ha", grölten sie und räumten das Feld.

„Wow, wenn das mal gut ausgeht, ich fürchte sie sind nicht imstande gebührend um eine Frau zu werben, vermutlich habe ich nicht die rechten Worte gewählt", murmelte ich zweifelnd.

„Ach die verstehen keine andere Sprache, du hast dein Bestes versucht, Liebes, sorge dich nicht, alles wird sich schon fügen und zum Besten wenden".

„Geh nur getrost ins Haus, es ist erbärmlich kalt heute, ich muss noch Verletzte versorgen, Verbände wechseln, Blutergüsse und Hämatome behandeln und das Übliche richten".

„Ich freue mich auf dich!", sagten wir fast gleichzeitig und trennten uns nach einer innigen Umarmung.

Die verfluchte Vergangenheit ist nun unser Schicksal, lässt uns nicht mehr aus ihren Klauen, dachte ich entmutigt, während ich fröstelnd meine Röcke raffte und eilig dem Haus zu strebte.

Günter hatte uns aus massiven Felsbrocken, einen ansehnlichen Kamin gebaut.

Als Grund und Abzug dienten eiserne Becken und Kessel, in denen er einst in der Höhle, diverse Gebeine sortierte, welche gottlob, die Höhle auf wundersame Weise ausgespien hatte.

Nun erfüllte eine angenehme Wärme unseren Aufenthaltsraum.

Ich rieb meine eiskalten Hände über der Glut, schürte das Feuer, bis die Funken flogen und ließ meine Gedanken in vergangene Zeiten schweifen.

Januar, der kälteste Wintermonat den ich je erlebte.
Meterlange Eiszapfen wie Dolche, Büsche und Bäume

märchenhaft in Millionen weißen frostigen
Eiskristallen, in silbernen Sonnenstrahlen die
ungehindert durch den Berg ohne Schatten die

Szenerie erleuchten ließen, selbst der Brunnen war
kaum zugänglich.

Doch die Sonne trügte, eisige Luft ließ mein Gesicht
erstarren und meine Augen tränen.
Ich lehnte mich weit aus dem Fenster und bestaunte
versonnen die Wunderwelt.
Eine Männergestalt stapfte zielstrebig dem Haus

entgegen, Hartmut.

Er kam mir sehr gelegen, ein nettes Plauderstündchen in der langweiligen Tristesse des untätigen Wartens auf meinen Liebsten.

„Buh – was für eine klirrende Kälte, wie angenehm ist es bei euch, darf ich mich ein wenig aufwärmen?"

„Ja komm nur herein, leiste mir Gesellschaft, was gibt es Neues?"

„Ach es tut sich nichts Neues im Dorf, es ist wie ausgestorben, alle hocken im Langhaus um das Feuer und streiten sich um das letzte Essbare, es wird eine furchtbare Hungersnot geben Herrin!"

„Was sagst du da, habt ihr denn keine Reserven mehr, ist denn von dem erlegtem Wild nichts mehr da?"

„Solltest du nicht Sorge tragen das ein jeder seinen Anteil erhält!"

„Ich habe getan wie mir geheißen, doch die Einfältigen sind nicht in der Lage ihre Anteile einzuteilen, sie haben in Völle gelebt, bis die Vorräte schwanden".

„Bedenkt Herrin, sie waren bisher nur Leibeigene, ohne Verantwortung".

„Herrje, es ist erst Januar, bis zur ersten Ernte sind es noch Monate, was ist mit den Getreidesäcken, dem Wurzelgemüse und den getrockneten Bohnen, willst du mir einreden das alles schon verbraucht ist?"

„Das will ich nicht behaupten, denn das Getreide lagert in der Vorratsgrube gut geschützt an eurem Haus, soweit ich weis".

„Da soll mich doch der Teufel holen, warum weis ich nichts davon?"

„Nun, die Herrschaften haben sich bislang nicht mit derlei Dingen beschäftigt, anderes war dringlicher".

„Du sagst es, doch nun sehe ich die Dringlichkeit und werde mich nach Kräften bemühen, wir müssen ihnen ihre Rationen einteilen und täglich ausgeben, eine Aufgabe die ich dir übertrage".

„So ist es recht, denn sonst sind alle Vorräte bald wieder aufgebraucht, ich sehe mich durch euer Vertrauen geehrt und werde nach Bemühen, Gerechtigkeit walten lassen", bekräftigte er.

„Ja ich habe Vertrauen in dich und benenne dich hiermit zum Hüter der Kornkammer!"

„Doch sag, ist es nicht zu feucht in dem unterirdischen Gewölbe, das Korn könnte schimmeln und faulen und zu Krankheiten führen".

„Ah – ja, wie wahr – wie wahr, denn in jedem Frühjahr haben wir viele Kranke und Tote zu beklagen, keinen gab es, der nicht an Bauchgrimmen und aeh ..."

„An Durchfall litt", ergänzte ich, verständnisvoll.

„So wisset", fuhr er fort, „wie klein unser Volk zusammengeschrumpft ist, liegt allein an dem Mangel an Nachwuchs!"

„Ich verstehe, so lasst uns, wenn mein Mann Gatte anwesend ist, die Vorräte inspizieren".

„Ja so sei es, doch verzeiht mir wenn ich den Anlass meines Besuches frei benenne, ich bin gekommen um mich ein wenig von den Alltags -kümmernissen abzulenken und mich an eurer Lieblichkeit zu erfreuen!" gestand er mir etwas verlegen, während er die Röte, die sich in seinem Gesicht ausbreitete, nicht verbergen konnte.

„So - so nun denn, vermutlich hat er etwas Bestimmtes auf dem Herzen, was hat er noch zu sagen", bemerkte ich schmunzelnd und tätschelte vertraut seinen Arm.

„Oh nein, nicht was ihr glaubt, ich bin ein Ehrenmann, vielmehr verlangt es mich, von euch mehr zu erfahren, erzählt mir doch endlich wonach es mir so lange schon verlangt".

Kündet mir von den Begebenheiten und euren Reisen in andere Welten, denn ihr müsst wissen, ich bin begierig auf alles Neue".

So begann ich zaghaft erst, von meinen Erlebnissen und Abenteuern zu berichten, begann mit der tiefsten Vergangenheit.

Dem Sturz in die früheste Urzeit, ohne jegliches Leben, die Erde war feindlich, wüst und leer.

Ich berichtete weiter von dem Beginn des ersten Lebens auf Erden, sprach von Riesenechsen – den Sauriern, größer und gewaltiger als das halbe Dorf, beschrieb die ersten Bäume, so klein, ähnlich dem Schachtelhalm, wechselte bald in die Zukunft, welche ihn sicher mehr interessierte.

Doch war es mir nicht möglich, Maschinen und Motoren zu beschreiben, noch die alles beherrschende Elektrizität, wie sollte ich ihm Turbinen und Kraftwerke erklären.

Denn bis dahin sollten noch mehr als 2000 Jahre vergehen.

So begnügte ich mich damit, einiges bemerkenswertes heraus zu picken.

Nicht nur rasende Gefährte die nicht von Ochsen gezogen, sondern selbstständig wie Geschosse in unglaublicher Geschwindigkeit durch Feld und Flur jagen, kaum, dass unser Auge sie verfolgen kann.

Autos werden diese Wunderfahrzeuge genannt, ergänzte ich, unnötigerweise, denn er würde solch ein

Exemplar ja niemals zu sehen bekommen, dachte ich.
Laut sagte ich: „Ich schätze, dir fehlt die
Vorstellungskraft, welche Entfernungen man mit
diesen Fahrzeugen in kürzester Zeit zurückzulegen
vermag".
„Und ihr, seid ihr selbst schon in solch einem
Wunderauto gesessen?", fragte er ungläubig.
„Ja gewiss doch, es ist das übliche Beförderungsmittel
für Jedermann, man lehnt entspannt in einem Sessel -
einem Polstersitz, warm und geborgen, geschützt vor
Wind und Regen und überwindet ohne
Kraftanwendung gewaltige Entfernungen".
„Auch schwebende Geister ohne Gesicht, die um uns
herumschwirren, sind an der Tagesordnung, doch sind
diese Geister nicht engelhaft, auch nicht von dem
Teufel geschaffen, sondern von den Menschen selbst,
sie nennen sich Drohnen und beobachten jeden
unserer Schritte und Wege!"
„Jede Sippe, so klein sie auch sein mag, besitzt ein
Haus aus Steinen gebaut, in dem eine Heizung ohne
Feuer, Wärme spendet, ebenso einen Herd zum
Kochen auch ohne Feuer."
„Aber wie kann das sein, das Feuer ist doch
unverzichtbar - ist es doch die Quelle unseres Lebens,
ohne Feuer ist …"

„Du verwirrst den armen Kerl, wie soll er, das verstehen?", meldete sich eine Stimme hinter uns. Günter hatte lautlos den Raum betreten und begrüßte mich mit einem Kuss auf den Nacken. „Was habt ihr für große weltbewegende Themen, während das Volk nach dem puren Überleben trachtet, doch lasst euch nicht durch mich stören!", brummte er herausfordernd.

„Ach Liebster du kommst gerade recht, wir haben auch dieses aktuelle Thema besprochen, die Lage ist nicht so aussichtslos wie du zu glauben scheinst, die Vorräte sind längst noch nicht aufgebraucht, weist du denn nicht von dem unterirdischen Lager, einem Keller gleich, direkt am Haus?"

„Gewiss weis ich davon, doch ich habe es bisher versäumt, mehr als nur einen Blick hinein zu werfen, muss ich gestehen, meine Zeit ist so knapp bemessen, aber du Liebste, hättest doch sehen müssen, dass die Ernte hierher verbracht wurde".

„Ja das hätte ich wohl", gestand ich kleinlaut.

„So lasst uns jetzt unverzüglich den Verschlag aufsuchen, du wirst staunen und begutachten was dort lagert".

Hatte ich erwartet, das Getreide wohl verpackt in Säcken vorzufinden, so sah ich mich getäuscht.

Das kostbare Korn - Gold des Ackers, häufte sich auf dem blanken Erdboden.

Alles war reichlich vorhanden, Dinkel, Hafer und vermutlich Gerste. Doch es strömte einen unangenehmen, sauren Geruch aus, denn es war von einer üblen Schimmelschicht bedeckt.

Weiter gewahrte ich Rüben aller Art, Zwiebeln und ich mochte es kaum glauben, Bohnen, wenn auch nur dicke Saubohnen gut getrocknet.

Sie allein hatten die unterirdische Feuchtigkeit gut überstanden und würden eingeweicht, gekocht und gut gewürzt, zu dem ewigen Fleisch, Kaninchen, Hühner und Ziegen, welche Günter als Lohn täglich heimbrachte, eine willkommene sättigende Beilage ergeben.

Noch verfügte ich über Gewürze die ich zwischen nutzlosem Krempel in den Regalen meiner Vorgängerin gefunden hatte, weis der Teufel, wie sie darangekommen war.

Ich wusste nur zu gut wie kostbar und kaum erschwinglich Gewürze zu allen Zeiten waren und hütete sie wie einen Schatz.

Auch hatte ich einen uralten Rest Kaffee, Kakao, Reis, Mais und Linsen aufgestöbert, vermutlich noch Überbleibsel von Justins Reisen in die neue Zeit, als er noch rüstig genug war, den Berg zu dem Zeitkanal zu besteigen. Vermutlich hat er im Schutz der Nacht, diese Aktivitäten unternommen, denn keiner hat ihn je wiedergesehen. Wie lange mag das wohl her sein?

„Das Getreide müssen wir gut durchmischen", holte mich Hartmuts Stimme aus meinen Überlegungen.

„Oh nein, wir werden die obersten Schichten abtragen und beseitigen, mögen sich die lästigen Krähen daran verdingen!", bestimmte Günter.

„Ich werde gleich damit beginnen, Schimmel ist unserer Gesundheit weis Gott nicht zuträglich und führt zu unangenehmen Krankheiten, die ich nicht willens bin zu behandeln!", fügte er hinzu und begann umgehend mit der Arbeit.

Die befürchtete Hungersnot war zunächst abgewendet.

„Was es nur mit diesem allwissenden Gott auf sich hat, den sie so oft erwähnen", grübelte Hartmut, „welcher Gott soll das nur sein?"

„Wenn ich doch nur eine Mühle hätte und sei sie noch so klein, so könnte ich Brot und Kuchen backen", seufzte ich sehnsuchtsvoll.

„Ich werde dir eine Mühle basteln Liebste, du sollst deine Mühle haben", versprach Günter, heftig mit dem Kopf nickend.

„Wie willst du das schaffen ohne eiserne Zahnräder, hast du hier schon Eisen gesehen?"

„Die Zahnräder können auch aus Holz bestehen."

„Doch ich habe Erzadern entdeckt!"

„Weist du nicht wie viel Hitze und Energie von Nöten ist, um Erze zu schmelzen und daraus Eisen zu gewinnen, wir müssten den halben Wald dafür abholzen um genug Hitze erzeugen zu können".

„Weis Gott, das ist ein mühseliges Unterfangen und lohnt der Mühe nicht, doch wer sollte es sonst beginnen und schaffen, wenn nicht wir?"

„Wir sind nicht ausersehen die Welt zu verändern und zu verbessern, wir haben uns geschworen, niemals mehr in die Vergangenheit einzugreifen, bisher hat es uns immer nur Kummer eingebracht", gab ich zu bedenken.

„Aber Liebes, wem sollte es schaden, wenn wir die Entwicklung ein wenig vorantreiben, zudem wäre es eine große Herausforderung, denk nur es würde uns gelingen, reines Eisen herzustellen, wo bleibt dein schöpferischer Geist?"

„Mein schöpferischer Geist wird schon genug gefordert und bereitet mir schlaflose Nächte, mein Kopf ist voll von Dingen, die noch zu erledigen, ich mir vorgenommen habe und du, hast du nicht genug zu

schaffen, bleibt dir denn noch Zeit zum Leben?"
„Leben nennst du das hier, es ist nur ein ewiger
Kampf, eintönig, ohne jegliches Vergnügen und
erfreuliche Aussichten, sinnlos sich von einem in den
anderen Tag quälend".
„Diese Zeit ist nicht unsere Zeit.
„Oh Gott, wofür hast du diese Welt erschaffen, wenn
sie nur aus quälender Sehnsucht besteht?"
„Wenn ich dich nicht hätte, wäre ich schon längst
verzweifelt, unser Leben steht still, ist gefangen in
dieser falschen Welt!"
„Soll das immer so weitergehen, sieht so unser Leben,
unsere Zukunft aus?"
„Ach Liebster, wir dürfen nicht verzweifeln, wir
werden einen Weg aus dieser verfluchten Zeit finden,
ich bin sicher, dass es noch andere Zeitzonen gibt".
„Im Frühjahr nach der Schneeschmelze, werden wir
uns auf den Weg machen, wenn wir hier nicht
verrotten wollen".
„Oh gebe Gott, dass es uns gelingen mag!", pflichtete
Günter mir bei.

Erz und Eisen, nie hatte Hartmut derlei vernommen
und erst das Geschwafel von dem Gott, den alten und
neuen Zeiten und gar von Zeitzonen, die zu finden sie
hofften, war ihm absolut unverständlich.

Nun gut, sie beide kommen aus einer anderen Welt, doch dass alles befremdete und verwirrte ihn zunehmend.

Sein Kopf quoll über von den unbekannten Begriffen, er fühlte sich überflüssig und zog sich unbemerkt zurück.

Sie wollen uns also verlassen, überlegte er auf dem Weg in seine armselige Hütte.

Werden sie mich dann noch benötigen. Ich wäre zu gern allemal bereit mit ihnen zu gehen, wohin auch immer, unter ihrem Schutz kann ich es wagen und es wird mir sicher wohl ergehen, was erwartet mich hier noch?

Die Kinder sind flügge und gehen eigene Wege, ich aber bleibe allein zurück, ohne Weib und Versorgung im Alter, ein einsamer Greis.

„Wir werden noch die Heimkehr der Truppe abwarten, ich bin gespannt auf die Frauen, die sie hoffentlich nicht mit Gewalt entführt oder gar aus einem Ehestand geraubt haben".

„Vielleicht bringen sie auch für den einen oder anderen Jüngling eine propere Gefährtin mit, so würde endlich wieder das Gleichgewicht hergestellt".

„Es gäbe wieder eine Zukunft für das Volk, diese künstliche Welt würde sich wieder normalisieren", bemerkte ich ernsthaft.

„Ja und sie leben friedlich bis ans Ende", warf Günter spöttisch grinsend ein.

„Glaubst du nicht an einen guten Ausgang?"

„Doch doch, sie werden Sesshaft und im Schweiße ihres Angesichts, als treusorgende Familienväter rechtschaffen, als genügsame Bauern ihren Acker bestellen, Söhne und Töchter aufziehen und in Würde alt werden!"

„Bei dir weis man nie, ob du es ernst meinst oder dich nur über mich lustig machst", schmollte ich und warf ihm einen fragenden Blick zu.

Es sollten noch Wochen vergehen.

Hartmut erwartete voll Ungeduld die Wende seines Daseins.

Er würde mit uns ziehen, als Günters Knappe, wie er betonte.

„Weis er denn, was ein Knappe ist?", fragte ich Günter belustigt, hinter vorgehaltener Hand.

Die ersten Frühlingsboten wagten sich mutig aus dem Schnee, Krokusse und Knospen, die ich nicht kannte, streckten mir vorwitzig ihre Köpfchen entgegen. Entzückt beugte ich mich über diese kleinen Wunder der Schöpfung und betrachtete selbstvergessen die Zeugen, die das Ende des kalten Winters ankündigten.

Bald schon würden wir uns auf den beschwerlichen, ungewissen Weg begeben, von dessen Ausgang wir nicht wussten. Was wird uns erwarten?

Lautes Getöse und Pferdegetrappel schreckte mich aus meiner Versunkenheit. Ein feindlicher Angriff etwa? Wo ist Günter und Hartmut?

Aus dem Dickicht löste sich ein Schwarm wilder Reiter preschte übermütig grölend, einem Schlachtruf gleichend, auf den Dorfplatz.

Bei ihrem Anblick stockte mir der Atem, sind sie nicht zu Fuß losgezogen und wo waren die Frauen?

Die sie nicht, stolz auf den Rössern vor sich sitzend präsentiert, mit sich führten.

Jetzt vernahm ich das quietschende Geräusch von Wagenrädern.

Dann sah ich Sie, in einem Karren eingepfercht und zusammengebunden, ängstlich bibbernd, mit starren Augen ihrem Schicksal ergeben.

Der Platz hatte sich indes gefüllt.

Ich fühlte Günters Hand beruhigend nach meiner greifen und spürte seine Anspannung, er kochte vor Wut.

Alle starrten gebannt und ungläubig auf das unwürdige Schauspiel, das sich ihren Augen bot.

„Herr, wir haben wie befohlen die Weiber herbeigeschafft, aber für mich ist keine dabei, ich bin anspruchsvoll und habe nicht die passende Frau für mich gefunden".

„Ein Weib wie das eure muss es schon sein, um mir zu genügen, so lieblich und hold - ihr Haar leuchtet und duftet wie Rosen, ihre Augen strahlen Sternengleich und…" prahlte der Hauptmann frech herausfordernd.

„Schweig Großmaul das du bist!", erboste sich Günter.

„Die Pferde die ihr gestohlen habt, sind konfisziert, wie ich sehe, sind das allenfalls Ackergäule, mich wundert, dass sie euch getragen haben, sie gehören fortan der Allgemeinheit, denn sie werden zum

Ackerbau benötigt und zur Holzbeschaffung recht nützlich sein", bestimmte Günter, keinen Widerspruch duldend.

Doch unbeeindruckt seiner Worte fuhr der Hauptmann fort.

„Bah, die Pferde könnt ihr uns nehmen - aber euer Weib ist es was ich begehre, teilt es mit mir, so wie ihre Vorgängerin nicht nur euch und mich beglückt hat, sie ist nicht geschaffen für nur einen Mann!", beharrte er, unverschämt - herausfordernd.

„Wenn du jetzt nicht dein freches Schandmaul hältst, knalle ich dich ab", brüllte Günter wutentbrannt und gab zornbebend eine drohende Salve ab, sie sollte dicht an ihm vorbeigehen und nur erschrecken.

Doch sie traf 2 Finger des wild gestikulierenden Widersacher, der erst ungläubig, dann schreckensstarr auf seine verstümmelte, stark blutende Hand blickte und wie ein gefällter Baum zu Boden stürzte.

„Recht so Herr!", frohlockte Hartmut schadenfroh, „der hat allemal einen Dämpfer verdient, ihr hättet ihn abknallen sollen, der Störenfried wird immer der für Unruhe, Unfrieden sorgen, besser er wäre"...

„Aber es war nicht meine Absicht", murmelte Günter, schuldbewusst und drängte sich durch den gaffenden

Menschenpulk, um sich des Verletzten anzunehmen und ihn umgehend zu verarzten.

„So helft mir doch, ihn in meine Praxis zu schaffen, was haltet ihr Maulaffenfeil", herrschte er die skandalhungrigen Umstehenden an.

Er entfernte die verbliebenen Knochensplitter, während ich ihm assistierte und eifrig das Blut abtupfte.

Sodann desinfizierte er die Stümpfe und verband die Wunden, mehr vermochte er nicht zu tun.

Ungeachtet des stöhnenden Verletzten, der sich schon wieder zu regen begann und sogleich derbe Flüche zwischen den Zähnen hervorstieß.

„Das werdet ihr mir büßen, ihr vermaledeites Götterpack".

„Du lässt es an Respekt fehlen Bürschchen, nimmst das Maul schon wieder so voll, siehst du nicht, was es dir eingebracht hat?"

„So sei gewiss – dass nächste Mal wird dein ganzer Arm dran glauben müssen", fauchte ich ärgerlich und packte ihn schmerzhaft in seinen zottigen Haarschopf.

Unwillig schüttelte er meine Hände ab und rappelte sich, ein wenig benommen auf, reckte sich und verließ mit verbissenen Zügen, doch hocherhobenen Hauptes, wortlos die Halle, um sein Gesicht zu wahren.

„Der wird uns gewiss keinen Ärger mehr bereiten",
murmelte Günter zuversichtlich und schloss mich
liebevoll in seine Arme, als wir wieder alleine im
Hause waren.

Alles fügte sich und nahm seinen gewöhnlichen Lauf.
Die Männer begannen die ihnen zugeteilten Äcker zu
pflügen.

Günter wies sie an, mit den Pferden umzugehen, die
nun statt ihrer, die primitiven Pflüge zogen, während
die Frauen die Saat in die Ackerfurchen verbrachten.
Auch Wotan, der Hauptmann, schien gebändigt.
Endlich kehrte Ruhe ein, doch die Ruhe trügte, er
sann auf Vergeltung.

Kapitel 8: Die Unterwelt

Während dessen rüsteten wir uns heimlich für den langen unbekannten Weg, von dem wir so wenig wussten, denn alles würde anders sein, als wir es kannten und besonders die Menschen, die uns begegneten würden.

Dort, wo in unserer Zeit, Straßen, Kleinstädte mit Supermärkten und endlose Ebenen sind, waren unberührte Urwälder, die zu bewältigen nicht einfach sein würden.

Unser Kompass würde unser einziger Wegweiser sein und uns gute Dienste erweisen.

Doch zum Glück hatten wir einen zuverlässigen Zeitzeugen bei uns, der als Vermittler unerlässlich sein würde.

„Hartmut" der schon darauf brannte, mit uns diesen aufgewühlten, durcheinander gewirbelten Duckmäusern, die stets ihr Mäntelchen nach dem Wind richten, zu entkommen, denn er versprach sich mehr vom Leben.

Zum Glück hatte Günter sein leichtes Lagerfeuergeschirr, bestehend aus feinen Edelmetalltöpfen, ebenso zwei Pfannen zum Rösten von Innereien, wie Herz und Leber, einen Bratspieß zum drehen von Hand.

Und nicht zu verachten das Mini-Zelt, welches uns vor den Unbillen der Witterung schützen würde.

Niemals hätte ich gedacht, wie willkommen uns diese gewöhnlichen Utensilien sein würden, war mir klar, als ich Sie nach kurzem Betrachten, sorgfältig wieder in den überdimensionalen Rucksack packte, den Günter gottlob, noch getragen hatte, als er sich auf die Suche nach mir begab.

Wir fühlten uns wie in der Unterwelt, der zu entkommen unser sehnlichstes Trachten war.

Ein Tumult vor dem Hause, schreckte mich aus meinem Überlegungen.

„Herrin, der Hauptmann wünscht euch zu sprechen", meldete mein vertrauter Diener.

Ich warf mir hastig mein wollenes Cape über und eilte ins Freie.

„Was gibt es so wichtiges, dass du glaubst mich stören zu müssen", grollte ich ärgerlich, als ich ihn inmitten seiner Schergen stehen sah.

„Ich habe Kunde von einem feindlichen Überfall, schon lange dürstet es mich nach einer Schlacht!", rief der Hauptmann ungeachtet meiner abweisenden Haltung.

„Nach einer Schlacht drängt es ihn, ist es nicht

vielmehr die Lust an einer rüden Prügelei, nach der es euch gelüstet, unter dem Schutz eurer tödlichen Waffen, euch über die wehrlosen Bürger zu erheben und groß zu tun, sie permanent zu unterdrücken, anstatt mit ihnen gemeinsam das Land aufzubauen?"
„Aber Herrin, wir haben keineswegs die Absicht, aeh – wir sorgen nur für Ordnung".
„Schweig, unterbrich mich nicht, ich dulde keine Kampfhandlungen euererseits mehr", fügte ich unwillig hinzu.
„Wenn ihr aber dennoch auszieht zu morden und zu brandschatzen, seid ihr fortan Ausgestoßene der Dorfgemeinschaft und die Aufnahme in unserer Gesellschaft ist euch künftighin verwehrt!"
„Ihr in eurer Unwissenheit und Gleichmut, verkennt den Ernst der Lage!", setzte er zu einem letzten Versuch an.
„Wir haben wirksame Mittel, jeden Eindringling zu bekämpfen und in die Flucht zu schlagen, ohne euch, dürfte euch bekannt sein".
„Zudem ist uns jeder Fremde mit friedlichen Absichten, herzlich willkommen".
„Ha – es wird euch noch reuen, unsere Hilfe ausgeschlagen und uns wie törichte Weiber abgewiesen zu haben", murrte er abfällig und

wendete mir beleidigt den Rücken zu.

„Wir machen sie uns zu Feinden, wäre es nicht ratsamer, sie ziehen zu lassen?", sagte ich später, zweifelnd zu Günter.

„Das sehe ich anders, sie müssen endlich begreifen, dass ihr Kampfeifer nicht mehr erwünscht ist", versuchte er mich zu beruhigen, doch der Dorn des Zweifels saß tief.

„Morgen, im Schutze der Dunkelheit, werden wir uns auf den Weg, auf die Suche nach einem verborgenen Zeitloch begeben!"

„Ein Hoffnungsschimmer nur, denn ich habe nicht mehr, als eine vage Ahnung, wo dieser mystische Zeitkanal zu finden sein konnte".

„Ist es nicht stets der gleiche Himmel über uns, egal in welcher Zeit wir uns auch immer befinden, sag Liebster, hat sich viel verändert, in der Zeitspanne von ein paar tausend Jahren zwischen Himmel und Erde, so ist es kaum mehr als ein Wimpernschlag, Angesichts des ewigen Kreislaufs von Sommer und Winter".

„Bleiben nicht Berge, Täler und Meere für alle Zeit bestehen, so sind es doch nur nichtige Veränderungen im Geschehen der Evolutionen!"

„Ja aber, jede noch so kleine Veränderung ist für uns

Menschenkinder von große Bedeutung".

„Sieh es mal so, wie es sich für uns darstellt, für uns
Erdlinge sind 3000 Jahre eine immens lange Zeit, auch
wenn wir nicht nur, wie andere Lebewesen, eine
begrenzte Zeit auf Gottes Erdboden, diesem unseren
Planeten erleben durften".

„So durften wir unser kostbares Leben, das ewig
wehren kann, nicht unnütz vertun", pflichte ich bei.

„Oh Liebste, wie sehr sehne ich mich nach kultivierter,
belebender Geselligkeit in unserer gewohnten
Zivilisation", hauchte ich und griff nach seiner Hand.

„Alles wird gut mein Herz, wir werden den Zugang zur
Welt suchen und finden und sollte es noch Jahre
dauern", raunte er mir ins Ohr und schloss mich in
seine Arme.

Wir schliefen lange, an dem letzten Tag.
Ab heute ist alles anders.
Günter verzichtete auf seine üblichen Krankenvisiten,
wir planten unseren Abgang in allen Einzelheiten,
unseren Weg gen Westen.
In unsere Vorbereitungen und trauten Gespräche,
platzte Hartmut mit der Ankündigung.
„Der lästige Hauptmann lungert schon wieder vor
dem Haus, er verlangt permanent die Herrin zu
sprechen".

„Aber ich…"

„Geh nur Liebste, soll er vortragen, was ihm so unter den Nägeln brennt, ich werde dir alsbald folgen."

Ach was hat er nun schon wieder vorzubringen, dass ihm keine Ruhe lässt?

„Nun gut, ich werde ihn anhören", sagte ich, ärgerlich über die Störung, wickelte mich flüchtig in mein Cape und trat aus dem Haus, nichts ahnend was er wollte.

Ich machte ihn sogleich, zwischen seinen Mannen auf einem Pferd sitzend aus.

Wut kochte in mir auf, waren die Gäule nicht für den Ackerbau bestimmt? Er wartete genüsslich grinsend, bis auch Günter hinter mir erschien, um seinen wohlüberlegten Plan, Zwietracht zwischen uns zu säen und unerschütterlich sein Vorhaben zu verfolgen.

Doch noch war uns nicht die Tragweite seines teuflischen Plans bewusst, bis er zu sprechen begann.

„Wünscht die Herrin, wie jeden Tag nach dem Manöver meine Aufwartung, wenn der wehrte Gatte anderwärtig beschäftigt ist?", fragte er, heuchlerisch den Kopf wiegend.

„Was redest du für einen Unsinn, ich wünsche keine Manöver mehr und schon gar nicht deine Aufwartung", zischte ich außer mir.

„Oh - die hohe Herrin ist heut anderen Sinnes, hat offensichtlich Furcht vor dem Gatten, oder gar vor mir?", höhnte er spöttisch grinsend.

„Vor dir Großmaul soll ich mich fürchten?, freilich werde ich dich begleiten", sagte ich, ohne zu überlegen und trat herausfordernd auf ihn zu.

Im gleichen Moment fühlte ich mich gepackt wie in einem Schraubstock und blitzschnell auf sein Pferd gehoben.

„Ich werde sie jetzt mit mir nehmen, ich verlange freies Geleit!", dröhnte seine Stimme über den Platz, während er mich als Schutzschild vor sich hielt.

„Andernfalls wird sie mein Dolch durchbohren!", ergänzte er, von einem schauderlichen Lachen begleitet und ließ mich schmerzhaft, seine Waffe im Rücken spüren.

Günter schnaubte vor Wut und sah sie hilflos in ohnmächtigem Zorn davon preschen.

Er hatte kein Pferd zur Stelle um die Verfolgung unverzüglich aufzunehmen und der Vorsprung wurde minütlich größer, ein Fingerzeig von ihm und Hartmut sprintete davon um die Pferde zu holen.

Bebend vor Zorn und Entsetzen, stolperte Günter ins Haus, griff in höchster Eile nach den fertig gepackten Rucksäcken, kramte mit zittrigen Fingern aus der Kiste drei Waffen, welche er in den Satteltaschen verbergen würde. Die verlorene Zeit rann ihm durch die Finger.

Endlich sah er den Freund mit den begehrten Reittieren nahen. Sie würden schnell den Vorsprung mit den feurigen Warmblütern, gegen den plumpen Ackergaul aufholen, hoffte er.
Doch wo sollte er sie suchen, welchen Weg einschlagen, wo waren sie hin geritten, wie sollte er sie finden?

So jagten sie ziellos durch den Wald, wechselten bald unschlüssig die Richtung, suchten nach Spuren und entfernten sich immer weiter von unserem Versteck, in dem der Hauptmann mich gefangen hielt.
Geknebelt an einem Baum gebunden, hilflos, unfähig sie auf mich aufmerksam zu machen, sah ich sie unweit von mir, vorbei preschen.
Listig hatte er den Platz hinter Justins ehemaliger Hütte ausgewählt. Keiner würde auf die Idee verfallen uns so dicht am Lager zu vermuten.
„Wie ihr seht, ist mein Plan aufgegangen, euer Liebster ist fort, den seht ihr nicht wieder".
„Ein wenig müsst ihr euch noch gedulden, bis ich euch von den Fesseln erlöse und euch in die Hütte schaffe, dort ist alles perfekt wie geschaffen für uns, denn dort

werden wir viel Spaß haben ohne Ende, mein Liebchen", murmelte er, genüsslich nickend.

Sein fauliger Atem streifte mich, mich schauderte vor diesem stinkenden Urvieh.

Stunden verrannen.

Wie ein gefangenes Tier, ließ ich in tiefster Verzweiflung meine Blicke wandern und sah ihn im weichen Moos ausgestreckt lümmeln, die Augen geschlossen, den Mund weit geöffnet, sah seine schwarzen Zahnstummel.

Ekel und Übelkeit schüttelten mich, während ich verzweifelt versuchte die Fesseln zu lösen und mich aus meiner desolaten Lage zu befreien, doch es war mir nicht möglich, er hatte ganze Arbeit geleistet.

Ergeben fügte ich mich in mein Schicksal, meine Zeit würde schon noch kommen.

Die Dämmerung breitete sich bereits über uns aus, als er sich endlich herabließ, mich von meinem Knebel und den Fesseln zu befreien.

Schnaufend drängte er mich in die Hütte und schob den Riegel hinter mir zu, wie oft schon hatte ich gleiches erlebt und unbeschadet überstanden, doch dieses Mal...

Jetzt würde er sich hinter den Büschen erleichtern und dann?

Angestrengt lauschte ich auf die Geräusche, sich nahender Stiefel.

Wie sollte ich mich Seiner erwehren, wenn er über mich herfällt.

Ich fasste in die Innentasche meines Capes und tastete nach dem kalten Metall, als er die Tür entriegelte und gemächlich in den Raum stapfte.

„Jetzt seid ihr in meiner Gewalt, seid mir gnadenlos ausgeliefert, euer Gatte wird euch hier nimmer vermuten".

„Nana, ihr zittert ja wie Espenlaub, doch keine Bange, ich werde euch kein Leid antun, wenn ihr fügsam seid", brummte er versöhnlich und weidete sich an meiner scheinbaren Hilflosigkeit.

Furchtsam trat ich zurück, bis ich die Wand hinter mir spürte, sah mich in die Enge getrieben und keuchte vor Widerwillen.

„Wenn ihr eine Göttin seid, so wird es euch ein leichtes sein, euch zu befreien, seid ihr aber nur ein gewöhnliches, wenn auch ein überaus reizendes Weib, so bleibt ihr für immer Mein", spottete er.

Doch er verhielt seinen Schritt mitten im Raum und schaute beinahe mitleidig, doch amüsiert, weidete sich an meiner Abscheu, die er für Angst hielt, dennoch legte er seinen Dolch nicht ab.

Ein Taumel erfasste mich, mir wurde schwarz vor Augen, einen kurzen Moment nur - dann jedoch reckte ich mich, griff nach dem Colt, den ich in meiner Tasche wusste und hob den Arm.

„Ich brauche nur den Arm auszustrecken um die Welt zu verändern", rief ich theatralisch, als er sich mir näherte und drückte ab.

Mein Ziel war sein Arm der die bedrohliche Waffe trug, um mich gefügig zu machen.

Doch meine zittrigen Finger verfehlten das beabsichtigte Ziel.

Die Überwindung, auf einen Menschen abzudrücken, die angeborene Hemmschwelle, veranlasste mich, die Waffe zu heben.

Den Knall, hörte er wohl noch, doch er brach tödlich getroffen, auf der Stelle zusammen.

Ein klaffendes Loch, das sich sogleich mit Blut füllte, prangte in seiner Stirn.

Mein Gott, was habe ich getan!

Erschüttert beugte ich mich über den Leblosen Körper.

War er auch ein rücksichtsloser, gefühlsloser Krieger ohne Kultur, so war er doch ein menschliches Wesen, voller Energie, Lebenslust und Hoffnungen, doch ich musste mich wehren, ihn außer Gefecht setzen, dachte ich, zu meiner Rechtfertigung und tastete nach seinem Puls.

Noch war Leben in ihm, solch ein Recke, breit wie ein Schrank, kann doch nicht so einfach sterben.

Doch es waren nur die ominösen, gewaltigen Gewänder, welche ihn so kräftig und umfangreich erscheinen ließen.

Ein wallender Überwurf, der im Wind sich blähte, getragen über einem engeren hemdähnlichen Kleidungsstück aus derben Leinen, das bis an die Waden langte.

Recht unpraktisch bei einem Kampf.

Sein muskulöser Oberkörper und ein flacher, sehniger Leib mit schmalen Hüften kamen zum Vorschein, als ich mich mühte ihn zu entkleiden, um ihn umgehend in die Wärme des Bettes zu befördern.

Die Bekleidung war es, die diesen unangenehmen Geruch ausströmte und nicht sein Körper, denn er schien frisch gebadet zu haben, vermutlich in dem Teich in der Nähe.

Ich zerrte ihn keuchend auf das Lager und horchte an seiner Brust. Das Herz schlug noch immer schwach, doch ich spürte sein Leben entweichen.

So sollte er unter der warmen Bettdecke seinen letzten Atemzug hauchen, mehr konnte ich nicht mehr für ihn tun.

Kaum, dass noch Licht durch die winzigen Fenster drang.

Im letzten Dämmerschein, fand ich in einem Karton ein Bündel Kerzen. Aufatmend entzündete ich sie alle und verteilte sie rechts und links vor seinem Lager, als Totenlichter, denn er war bereits hinüber gesunken in das Reich der Toten, mein letzter Beitrag aus Respekt für den Verstorbenen.

„So ruhe sanft, gehe den Weg der Ewigkeit zu deinen Ahnen", murmelte ich, von meinen eigenen Worten ergriffen und zog das Betttuch über sein Gesicht, als könne er mich beobachten.

Mir war unbehaglich zu Mute.

Im ersten Morgenlicht, würde ich mich allein auf den Weg machen, doch dazwischen lag eine nicht enden wollende Nacht.

Hier hat Justin also die letzten zwanzig oder gar vierzig Jahre seines unsteten Lebens verbracht.

Womit hat er sich wohl beschäftigt, in dieser Abgeschiedenheit, in seiner ewigen Unrast, etwas Neues zu erschaffen.

Kaum Vorstellbar, dass er nur am Fenster gesessen und dem Spiel des Windes zugesehen hatte.

Ich konnte nicht untätig herumsitzen, musste mich

zerstreuen.

So begann ich neugierig die Hütte zu durchforschen, um von dem Geheimnis um Justin eine Spur zu finden.

Hinter einem Vorhang entdeckte ich eine Sitzbadewanne, aus Zinn von der gleichen Art, wie ich sie zu meiner Freude auch in meinen Gemächern vorgefunden und häufig benutzt hatte.

Ein Exemplar wie es um 18 Hundert in besseren Häusern, üblich war.

Alle Zeiten waren vermischt, in dieser künstlichen, trügerischen Welt, doch wie lebte man wirklich zu dieser Zeit?

Jetzt weis ich woran er arbeitete, an einer Rakete mit einem gewaltigen Sprengkopf, - der listige Kerl hat uns alle ausgetrickst!

Ich durchstöberte weiter den Raum, wühlte in vergilbten Papieren, alten Aufzeichnungen, was ich dort fand, ließ mir das Blut in den Adern gefrieren, es war zwar nur bedrucktes Papier, aber es gab genug preis.

Ich musste mehr darüber erfahren, wie war es ihm gelungen, ein künstliches Leben zu erschaffen?

So fand ich weitere Dokumente und Berechnungen über seine dubiose Zucht.

Er hatte ein weibliches Wesen erschaffen, nach

meinem Ebenbild, logisch – denn sie war ja erstanden aus meinen Genen, mein Double.

Doch wie hatte er die Gene so verändert, dass ihr Träger quasi unsterblich wurden.

Hatte er den Code zur Unsterblichkeit entziffert?

Und wenn? So war es doch sicher zu spät für ihn selber, dessen biologisches Alter, ich auf etwa 120 Jahre schätzte, wo hingegen sein irdisches Dasein mindestens 300 Jahre zählte.

Doch der letzte, klärende Teil seiner Aufzeichnungen fehlte!

Jetzt wollte ich alles wissen, wann, wie, wo hatte er mir das Erbmaterial entnommen?

Ich musste es finden, denn die Möglichkeit uns jederzeit zu verjüngen, war uns durch die Zerstörung des Zeitkanals genommen.

So blieben mir zunächst nur die Vermutungen, die sich allmählich in meinem Kopf formten, wie es sein könnte.

Mir war bekannt, dass - Sie - stets in der Blüte des Lebens stand, sie wurde nicht älter.

So liegt der Verdacht nahe, das Hormone sie so jung hielten. Sie hatte keinen monatlichen Zyklus, ihr Hormonspiegel blieb immer in Höchstform, so konnte sie nicht älter werden, als maximal 45 Jahre, obgleich sie schon 200 Jahre auf Erden weilte.

Schön und rassig, doch unerbittlich grausam herrschte sie über das Volk, sah ihre Untergebenen nur als Marionetten - Spiel des Lebens.

Wir hätten uns, unter normalen Umständen nie begegnen können, zu viel Zeit lag dazwischen, die Möglichkeit uns zu begegnen, stand Eins zu einer Million und dennoch war es geschehen!

So war die Katastrophe unausweichlich, führte zu ihrem eigenen und dem Tod meines jungen Gatten Wolfgang und stürzte uns alle in tiefste Verzweiflung.

In meinem Übereifer, öffnete ich Laden und Kisten, kramte in Schränken, rückte ächzend Truhen und Gerümpel beiseite.

In meiner Neugier, das Nachtkästchen durch zu stöbern, stieß ich ungeschickt eine Kerze um, welche sogleich auf dem trocknen Bodenbelag, Feuer fing.

Wo um Himmelswillen ist das Wasser, es muss doch hier einen Krug mit Wasser geben, dachte ich panisch.

Bei meinem Versuch das Feuer zu löschen, stieß ich weitere Kerzen um, im Nu stand die ganze Hütte in Flammen, es brannte lichterloh.

So blieb mir nur durch Flucht, mein Leben zu retten.

Kapitel 9: Heißer als die Hölle

Eisiger Wind peitschte mir Regen ins Gesicht.
Ein letztes Mal wendete ich mich auf der Lichtung um,
bevor der dichte Wald mich verschluckte.
Ich hörte es knistern, das Feuer züngelte bereits aus
den Fenstern, fraß sich durch das Reed - gedeckte
Dach, der helle Schein erleuchtete die Nacht.
Hinter der Hütte, unter dem hellen Sternenzelt, sah
ich den Berg, unseren Berg, tödlich verwundet, weit
sichtbar gespenstisch im silbernen Licht des Mondes,

die Höhle, unser Zeitkanal einem Vulkantrichter gleich, weit geöffnet und geschändet, sich dem Firmament entgegenstrecken, für immer, unwiederbringlich zerstört.

Ein Schluchzen entrang sich meiner Kehle.

„Oh lieber Herrgott im Himmel, wofür musstest du uns so strafen, welche Sünde haben wir begangen, derer du uns so grausam büßen lässt?", klagte ich, erhob mich wieder behände von den Knien und schüttelte meinen Unmut ab.

Was rede ich für einen Unsinn, Justin war es, er allein trägt die Schuld, mag er für ewig in der Hölle schmoren!

Etwas Schweres landete und setzte sich auf meine Schulter, drückte mir die Kehle zu. Nein, es wärmte mich nur.

Ich roch keinen Brandgeruch mehr, der Regen hatte das Feuer wohl gelöscht, aber es war kein Regen.

Ich riss die Augen auf, mein Herz wollte zerspringen, der Atem stockte mir vor Schreck.

Ich irrte nicht verzweifelt durch den Wald in eisiger Nacht, ich lag in einem zerwühlten Bett. Um uns auf dem Fußboden, lagen zerstreut unsere Kleidungsstücke.

Im Schlaf hatte er den Arm um meinen Hals

geschlungen

Was zum Kuckuck war geschehen, wie konnte ich mich nur so vergessen?

Konnte oder wollte ich mich nicht erinnern?

Alles war anders gelaufen, als befürchtet. Ich spürte noch seine zärtlichen Hände die mich lebkosten.

Er war nicht wie ein wildes Tier über mich hergefallen, wir beide waren es, die im Rausch der Lust über einander hergefallen sind, wie hungrige Wölfe.

Die Scham schoss mir heiß in die Wangen, in Erinnerung an unser wildes Begehren. Ich muss den Verstand verloren haben, dachte ich und wollte mich eilig aus seinen Armen pellen, ohne ihn zu wecken.

Wenn Günter uns so sähe, würde er uns auf der Stelle töten, oder?

Nein, er tötet nicht, außer in Gegenwehr, er erhält und schützt Leben, mag er nie von dieser heißen Liebesnacht erfahren.

Eine Nacht voller Wonnen, wer hätte gedacht, welch ein vortrefflicher Liebhaber sich unter der rüden Schale verbirgt.

Er hatte ja eine gute Lehrmeisterin, mein zweites Ich, die Imitation von mir, obgleich ich gegen ihre übermäßigen Aktivitäten und unstillbarem Hunger nach Sex, eher als prüder Langweiler erscheinen mag.

Vorsichtig hebe ich seinen Arm.

Ein zaghafter Blick zur Seite, ließ mich in meiner Bewegung innehalten.

Er schlief nicht, seine Augen trafen mich, in ihnen lass ich keinen Triumph, nein etwas Anderes leuchtete aus ihnen, Zärtlichkeit und... Nein das kann nicht sein, darf nicht sein.

„Oh du mein einzig Lieb, mein ewig Sehnen, seit ich dich sah!", raunte er kaum hörbar.

Es verschlug mir die Sprache, ich verschluckte die nüchternen Worte, die mir auf der Zunge lagen und schwieg betroffen, wollte diesen Augenblick nicht zerstören.

„Meine erste große Liebe, habe ich nie besessen, musste sie teilen mit so vielen Anderen", fuhr er fort.

„Du aber bist rein, eine Göttin, meine Göttin.

Wirst du bei mir bleiben, mein tristes Leben mit deinem Liebreiz, deinem Strahlen erhellen?"

„Ja gewiss doch, ich kann mich doch nicht allein in diese Wildnis wagen, wie könnte ich die feindlichen Hindernisse und Prüfungen allein bestehen", wisperte ich scheu lächelnd.

Wenn du wüsstest was ich alles kann und wage, dachte ich bei mir, ich fürchte keine Geister,

Dämonen und Unholde wie du, die sich aus jedem
knorrigen Baumstamm lösen und zu Fleisch werden.

Er hatte sich indes erhoben, gebannt sah ich ihm bei
seiner Beschäftigung, sich anzukleiden zu.
Wie er geschickt seine ledernen Beinlinge mit
Lederriemen umwickelte und befestigte, sodann
nackt in sein Untergewand stieg, es auf der rechten
Seite band und letztendlich seinen Umhang über sich
warf.
Die klassische doppelripp Unterwäsche, die unserer
Männer edelsten Teile schützte und wärmte, war ihm
natürlich unbekannt, obwohl auch Justin sie sicher
getragen hatte.
Amüsiert schaute er nun auf meine Kleidungsstücke,

die noch verstreut auf dem Boden lagen.

Etwas dazwischen erweckte seine Aufmerksamkeit.

„Was ist das?" Er bückte sich nach dem Colt, der aus meinem Cape gefallen war. Alarmiert setzte ich mich auf.

„Lass es liegen, um Himmelswillen, rühr es nicht an", rief ich warnend, „das ist eine Zauberwaffe und nicht für dich bestimmt!"

„So so, eine Zauberwaffe, sagst du soll das sein, lass mich mal sehen, sie hat keine scharfen Kanten, was für eine Waffe soll das sein?"

„Ich bitte dich, fass Sie nicht an, Sie könnte losgehen".

„Wie kann sie losgehen – he?", brummte er, spielte an ihr herum und zog den Abzug.

Mit einem Satz war ich bei ihm, um die Waffe aus seiner Hand zu schlagen, doch der Schuss war bereits losgegangen!

Es traf ihn aus nächster Nähe direkt in die Stirn.

Sein Kopf explodierte. Blut spritzte wie eine Fontäne mit Fleischfetzen und Knochensplittern. Entsetzt sah ich auf die rote Masse.

In Sekundenschnelle hatte sich das Blatt gewendet.

Das Grausen packte mich, meine Hände und Knien zitterten unkontrolliert, der Schreck war es wohl, der mich binnen weniger Minuten aus der Hütte stürzen ließ, fort, nur fort von dieser Stätte des Grauens.

Ich blinzelte in die tiefstehende Morgensonne, die mich blendete und gleichsam daran erinnerte, die entgegengesetzte Richtung gen Westen einzuschlagen.
Mit bebenden Fingern, zurrte ich den Sattel nebst Zaumzeug auf den Gaul fest, der mich misstrauisch beäugte. Er duldete mich gnädig auf seinem Rücken. Ich trieb ihn zur Eile an, doch er setzte sich nur schwerfällig in Bewegung.
So hat es sich wieder einmal bewahrheitet, Alle die meinen Lebensweg kreuzten, keiner von Allen die mich liebten oder nur begehrten, hat die Romanze überlebt, außer meinem Günter, denn sie alle, sind einem unnatürlichen Tode erlegen!
Ich bin verflucht, bringe nur Unglück.
Ba – eine Göttin soll ich sein? Die Göttin des Lichtes und der Hoffnung, na – wohl eher die der Dunkelheit und Verderbens, dachte ich.
Allein in der beängstigenden, feindlichen Wildnis, kamen mir allerlei Spukgestallten in den Sinn, doch sie berührten mich nicht, wohl aber die wilden Tiere. Wimmelte es nicht von Wölfen und Bären, hauste

nicht der sibirische Tiger in diesem Gebiet?
Könnte ich mich mit meiner kleinen Schusswaffe ihrer
erwehren.
Nur mühsam kam ich voran, der Wald schien kein
Ende zu nehmen.
Gleichsam fürchtete ich, auf Behausungen der
Ureinwohner zu stoßen, wie würden sie mir
begegnen, einer einsamen Frau allein in der Wildnis
unterwegs?
Ich wusste von mehr als einem Zeitloch vom
Hörensagen, jedoch wusste ich nicht, ob es an jenen
mystischen Orten auch möglich war, die Zeit, in
welche ich mich wünschte, selbst zu bestimmen.
Oder würde ich darin nur noch tiefer in die
Vergangenheit versinken, womöglich bis in die
Steinzeit zurück, oder gar bis an den Anfang der Zeit.
Ich schauderte bei der Vorstellung, mich plötzlich
Keulenschwingenden, halbnackten Steinzeitmonstern
gegenüber zu sehen und mich ihrer erwehren zu
müssen - oder gar noch einmal von der dampfenden
Ursuppe umgeben zu sein, wie damals, als wir
glaubten unser letztes Stündlein hatte geschlagen.
Aber es gab ja damals unsere Höhle, die uns aus dem
scheinbar ausweglosem Dilemma, vor dem sicheren
Tode bewahrte.

Die Atemluft war zu der frühen Zeit noch äußerst giftig, denn es hatte sich ja noch keine schützende Atmosphäre über der Erde gebildet.

Nun bin ich zu allem Übel auch noch allein, doch die Hoffnung, Günter zu finden, verlieh mir Kraft.

Habe ich einst die Bergleute um 16 Hundert im Erzgebirge, nicht von einer verwunschenen Schlucht im Harz reden hören, in welcher Menschen verschwanden und nie mehr gesehen wurden?

Ich hatte damals meine Ohren vor dem Gerede verschlossen und alles als Mär abgetan, denn nach einem Sturz in ein Zeitloch, hatte ich keinen Bedarf an weiteren, unangenehmen Überraschungen.

Ach, hätte ich nur besser zugehört.

Was hatte es mit dieser mysteriösen Schlucht auf sich.

Sprachen sie nicht davon, dass auch Fremde dort plötzlich völlig verwirrt aufgetaucht sind und behaupteten, aus einer anderen Zeit geschleudert zu sein, aber aus welcher Zeit?

Welche Zeitspanne liegt zwischen den unterirdischen Katakomben, überlegte ich weiter, gerät man vor oder zurück?

Sollte ich noch tiefer in die Zeit versinken, so fühlte ich mich kaum noch als Mensch, eher als Geist, doch der Körper muss allen Unbill ertragen, mag er auch verzweifeln und irrewerden.

Wie sollte ich diesen weiten Weg allein bewältigen, auf einem störrischen Ackergaul, ohne Verpflegung, der Witterung ausgesetzt.

Ich richtete mich nach der Sonne, die auf ihrem ewigen Weg gewandert und nun den niedrigsten Stand erreicht hatte.

Sie blitzte rot durch die dichten Bäume, färbte den Horizont und die Wipfel in glühendes Feuer.

Ich konnte mich dem Anblick, der Schönheit der Natur nicht entziehen, bald würde sie versinken, im Westen, dessen Ziel ich anstrebte. Und dann?

Ich döste in der Eintönigkeit der immer gleichen Geräusche.

Mir war, als hörte ich fernen Trommelschlag, doch das waren vermutlich nur die Hufe des Gaules.

Ein Ast schlug mir ins Gesicht, riss mich fast vom Pferd. Ein schmerzhafter Schmiss zog sich über meine Stirn und Schläfe.

Auch das noch, meine Finger ertasteten eine blutende Wunde.

Ärgerlich über meine Unachtsamkeit, verweilte ich einen Moment, um mich zu orientieren.

Jetzt hörte ich es ganz deutlich, Trommeln und Gesang, eine Siedlung musste in der Nähe sein.

Ich muss mich verbergen, ging es mir durch den Kopf. Doch es war zu spät, ein paar aufmerksame Späher hatten mich bereits entdeckt und umringt.

Laut palavernd hielten sie mich mit ihren Speeren in Schach, sie patrouillierten mich auf eine Lichtung.

„Seht was wir gefunden haben, einen Eindringling in unser Dorf", machten sie sich laut rufend bemerkbar und drängten mich stolz in die aufgeregte Ansammlung von merkwürdig gekleideten Gestalten.

„Ein Zauberwesen, halb Mensch, halb Tier mit zwei Köpfen!", lamentierten sie, auf mich deutend.

„Unsinn, ihr Dummköpfe, eine Frau, eine Frau ist es auf einem Bock", belehrte sie ein Männlein, das aus dem Gewimmel hervortrat und mich kritisch beäugte.

„Wir brauchen keine fremden Weiber, sie könnte eine böse Hexe sein, sie muss auf der Stelle getötet werden!", kreischte ein Weib

„Ja tötet sie", stimmten die anderen Frauen ihr zu.

„Schweigt ihr mordrünstigen Weibsbilder", meldete sich ein Greis, vermutlich der Stammesführer.

„Sieht so eine Hexe aus?, könnte sie nicht eine Göttin sein, die uns gesendet, um unsere Not zu beenden!"

„Denkt nur, wir hätten unsere eigene Göttin, wie würden uns die anderen beneiden!"

„So lasst sie selber reden, wer seid ihr, holde Maid?"

Oh - nicht schon wieder, ich will keine Göttin mehr sein, dachte ich, in die Enge getrieben.

Doch in Anbetracht meiner brenzligen Situation, reckte ich mich und nickte huldvoll, während ich fieberhaft nach einer angemessenen Antwort suchte. Die Luft knisterte förmlich, alle stierten auf mich, als ich meine Arme erhob und in die Stille meine Stimme erschallen ließ.

„Ihr unwürdigen Erdlinge, seid ihr mit Blindheit geschlagen, seht ihr nicht den Unterschied einer Sterblichen von einer Göttin, die sich heran lässt euch zu erlösen, aus Not und Elend, Hunger und Krankheit".

„So werde ich weiterziehen, gebt mir auf der Stelle den Weg frei, sonst werde ich euch vernichten, ihr seid meine Gunst nicht wert", wetterte ich und trieb den stämmigen Gaul an, der eingezwängt, sich aufbäumte und die Umstehenden erschreckt auseinanderfahren ließ.

„Nein so bleibt doch, wir heißen euch willkommen, oh edle Herrin – Göttin des Lichtes, erhellt unser armseliges Leben, beschert uns eine fruchtbare Ernte!", rief das greise Stammesoberhaupt und warf sich ehrerbietig vor mir auf die Knie.

„Er heißt mich also willkommen, so erhebe er sich aus

dem Staub, es wird sich zeigen, ob ihr euch meiner Gunst würdig erweist!", bemerkte ich mit einem spöttischen Blick auf die verstummten Frauen, die sich mittlerweile beschämt in den Hintergrund zurückgezogen hatten.

„Gordan mein Sohn, tritt hervor und verbeuge dich vor der Göttin", bestimmte er energisch.

Worauf sich ein stattliches Mannsbild aus der Menge löste und sichtlich bewegt vor mich trat.

Seine wachen Augen hielten meinem Blick stand.

„Euch zu Diensten – hohe Herrin", murmelte er und verbeugte sich tief.

„Bereitet ein Festmahl und nehmt euch der Herrin an".

„Gordan und Hanne, meine Enkelin werden euch geleiten, führt sie in das Gemach des verblichenen Schamanen, wenn es eurer Göttlichkeit genügt, es ist kein Palast und Eurer nicht würdig", stammelte er händeringend und fuhr sich nervös über die Stirn.

Er trat zurück, um den Angesprochenen Platz zu machen.

Eine junge Frau mit braunen Zöpfen, trat neben Gordan, auch sie senkte ihr Haupt, worauf sie scheu lächelnd ihren Blick zu mir erhob und mir tapfer zunickend, als Gruß die Hand entgegenstreckte.

„Ich werde euch dienen, wenn es euch genehm ist",
wisperte sie knicksend, während sich eine tiefe Röte
auf ihren Wangen ausbreitete.
„So ist es recht Kindchen, genier dich nicht, ich werde
dich nicht fressen", entgegnete ich schmunzelnd und
strich ihr aufmunternd über das Haar.
„So sei es denn!", fügte ich, augenzwinkernd hinzu.
Oh – je, worauf habe ich mich nun wieder
eingelassen, dachte ich beklommen, als ein
merkwürdig, zusammengezimmerter Bau, hinter den
kleinen, fensterlosen Holzkaten auftauchte.
Nun ja, ein Dach über dem Kopf ist nicht zu verachten,
alles Weitere würde sich ergeben.

Kapitel 10: Auf Irrwegen

Günter und Hartmut hatten indes schon ein gutes Stück Weges zurückgelegt, ohne auch nur die geringste Spur von ihr zu finden, von Zweifel geplagt, erkannten sie die Aussichtslosigkeit ihrer Expedition. „Es ist sinnlos noch weiter zu ziehen, ich fürchte sie haben einen anderen Weg genommen, der listige Intrigant hat uns in die Irre geführt".
Alle Befragungen der Einheimischen, blieben

ergebnislos, keiner hatte den maskulinen Krieger, mit der zarten Schönen gesehen.

„So bleibt uns nur, umzukehren und die Suche von Neuem zu beginnen", bemerkte Hartmut verzagt.

„Der Gedanke sie hilflos in seiner Gewalt zu wissen, ist mir unerträglich, wenn sie nur lebt, nehme ich alle Mühsal auf mich, gehe selbst durch die Hölle, kämpfe mit Drachen die sich mir in den Weg stellen und"…

„Aber Herr, ihr glaubt doch nicht, dass er ihr ein Leides zu fügt, aeh- ich meine außer das er ihr Gewalt antut und sie nimmt wie ein Mann, so ist ihm doch daran gelegen, noch lange seinen Spaß mit ihr zu haben, ein solches Weib wie sie hat man nie über".

„Ich fühle mit euch, wir müssen sie schnellstens finden, sie aus seinen Klauen befreien und den Kerl unschädlich machen", bekräftigte Hartmut.

„Du sprichst aus was mich martert und zum Wahnsinn treibt", seufzte Günter und schüttelte sich angeekelt, bei der Vorstellung seine Kleine in den Armen dieses rüden, ungehobelten Scheusals zu wissen.

„So lasst uns noch heute umkehren, schade um die Zeit die wir verloren haben".

„Wir werden die Nacht durchreiten, um nicht noch mehr Zeit zu vertrödeln, unsere Spuren sind noch frisch, die Pferde finden den Weg auch im Dunkeln mühelos zurück, den wir gekommen sind".

„Wie der Herr wünscht", brummte Hartmut missmutig, widerstrebend, der sich schon auf ein Plätzchen im weichen Moos gefreut hatte.

Viele Tage weilte ich nun schon unter den Barbaren. Ich litt keinen Mangel, hatte ein weiches warmes Lager, doch die Speisen und Getränke die mir Hanne kredenzte, waren gewöhnungsbedürftig, nun, sie stillten den Hunger, aber bisweilen ekelte mich die mangelhafte Hygiene, wenn etwa Raupen und Käfer aus den Näpfen krabbelten.

Doch am meisten plagte mich die Langeweile, denn es war beinahe undenkbar in der Stellung in der man mich wähnte, mich an den anfallenden Aufgaben zu beteiligen.

Wenn ich doch nur ein Buch oder Schreibzeug hätte, doch Papier war hier völlig unbekannt.

So sah ich mich zunächst gezwungen zur Untätigkeit. Doch Untätigkeit war mir verhasst, ich sann nach einer sinnvollen Beschäftigung.

Angesichts der vielen Kranken und Siechen, die ich bald gewahrte, schickte ich nach meiner Zofe, wie ich das Mädchen Hanne, die sich redlich um mich bemühte, scherzhaft nannte, aus, mir die Leidenden vorzuführen.

„Ich werde sie heilen, wenn du mich zum Kräutersammeln begleitest", ermunterte ich sie.

Unter den wachsamen Blicken der Dorfbewohner, die jeden meiner Schritte mit Argusaugen verfolgten, war es mir kaum möglich, meinen Drang nach Bewegung auszuleben.

Wie jeden Tag zur Mittagszeit, erschien Hanne, meine fürsorgliche Betreuerin mit einem dampfenden Napf undefinierbaren Gemisches aus Fleisch und Getreide. Eine angenehme Abwechslung in meinem tristen Alltag.

Doch es genügte mir nicht länger, mich nur bedienen zu lassen, ein wenig zu schwatzen und den lieben Gott einen guten Mann sein zu lassen.

Viel mehr wollte ich die Siedlung erkunden – in ihrer Begleitung, ihr angenehmes Wesen beflügelte mich zu einem belebenen Ausflug.

Das Wetter war vielversprechend und lockte zu einem Trip in die Natur.

„Komm Kleine, lass die anderen nur reden, ich bin heilkundig und in der Kräuterkunde bewandert, ich kenne alle Heilmittel, die der Herrgott wachsen lässt, wir müssen sie nur suchen und sammeln!"

„Aber Herrin, ich bin beauftragt euch zu dienen und über euch zu wachen".

„So bewache mich, verdammt nochmal!", fuhr ich auf.
„Aber mir ist nicht erlaubt im Wald herum zu
streuen", belehrte sie mich, „ich würde ja so gerne
mit euch gehen, doch mein Vater duldet keine
Alleingänge, er wird mich strafen!"
„Okay - okay, vergiss es", fuhr ich sie an, „vermutlich
bist du nur dazu Nutze, mir die Fliegen fern zu
halten".
Ärgerlich, mehr aus Trotz, öffnete ich die Tür und
stapfte wutbebend aus dem Hause.
Bald befand ich mich inmitten der Siedlung.
Ich verweilte bedächtig und betrachtete sinnend die
eigenartigen Behausungen, die sich alle glichen.
Glaubte ich immer, es wären Blockhütten aus purem
Holz, so sah ich mich getäuscht, denn die Wände
bestanden aus merkwürdigem Geflecht mit Lehm
gebunden. Welch eine mühselige Arbeit, sie auf diese
Art, Wind und Wetterfest zu errichten, das bedurfte
einer besonderen Baukunst, von wahren Meistern
geschaffen!
Gleichwohl vermisste ich Fensteröffnungen, doch den
größten Teil nahmen die Stroh bedeckten Dächer ein,
die teilweise bis auf den Erdboden reichten.
Wie lebt es sich wohl in solch düsteren Behausungen,
in denen das Sonnenlicht nur durch die offenen Türen

dringen konnte. Trotz der fehlenden Fenster, fühlte ich mich permanent beobachtet und setzte unbehaglich meinen Weg fort.

Ich durchschritt beherzt die Lücke der Umzäunung und betrat wacker den Außenbereich der Siedlung. Ich müsste mich nun frei fühlen, doch zu meinem Erstaunen befiel mich ein seltsames Unbehagen, die verbotenen Pfade hinter der Einfriedung zu betreten. Doch einen Moment des Zögerns nur.

Wer sollte mich hindern, mich frei zu bewegen, dachte ich noch, als ich mich plötzlich von bewaffneten Wachen umzingelt sah.

„Was erlaubt ihr euch, ihr Rüpel, seht ihr nicht wer ich bin?", brauste ich ungehalten auf, „wie könnt ihr es wagen mir aufzulauern und mich zu behindern, kann ich nicht gehen wohin es mir beliebt!", herrschte ich sie wutschnaubend an.

„Oh Herrin, wir sind untröstlich, euren Unmut zu erregen, aber wir haben Order euch vor allen Gefahren zu schützen und über euch zu wachen!", stammelte der Hauptmann der Truppe mit rotem Kopf und verneigte sich ehrfürchtig.

„Nun, dann führt mich ab wie einen Verbrecher, ich ergebe mich für den Moment, aber wisset, ich allein habe die Macht über euch zu herrschen, ich könnte

euch alle verfluchen und vernichten, ihr erbärmlichen Erdenwürmer, Sklaven der lächerlichen Gepflogenheiten eurer Zeit!"
Ich konnte mich jedoch nicht enthalten, besänftigend hinzuzufügen: „Ach was soll dieser unwürdige Machtkampf, es lohnt nicht, kostet nur unnötige Nerven und Energie", harte Worte ausgesprochen im Zorn und sogleich wieder bereut.
Ich wollte keinen Unfrieden heraufbeschwören, ich wusste ja nicht, wie lange mein Bleiben hier wären würde.
„So füge ich mich fürs Erste", murmelte ich ergeben und trat hocherhobenen Hauptes den Rückweg an. Eskortiert von stolzen Kriegern, die ja nur ihrem Befehl genüge getan hatten.
Mein gespielter Hochmut und die Überheblichkeit, war einer niederschmetternden Agonie gewichen. Allein in meiner Behausung kauerte ich mich auf mein Lager und vergoss heiße Tränen der Machtlosigkeit.
Oh – je was soll nun werden, wie lange ertrage ich noch diese erdrückende Isolation ohne wahnsinnig zu werden, habe ich nicht schon genug erdulden müssen.
Nicht allein die Einsamkeit machte mir zu schaffen,

die Zeit war es die mich peinigte und mich verzweifeln ließ.

Heute Nacht sollte ein Fruchtbarkeitstanz stattfinden, gleichsam meine Einweihung und Taufe, mich in das gehobene Amt als übermächtige Göttin der Fruchtbarkeit zu erheben.
Alles in mir bäumte sich dagegen auf, ich wollte das alles nicht. Ich sehnte mich einzig nach meinem Liebsten, werde ich ihn wiedersehen, in diesem Leben?
Bald würden sie kommen um mich dem großen Anlass gemäß, gebührend herausputzen.
Eine Kilo - schwere Krone aus Bronze, die mich schier erdrücken würde, glitzernde Gewänder und kostbare Geschmeide sollten mich schmücken.
Nein, ich wollte, dass alles nicht, oh Gott, wenn es dich gibt, schick mir ein Zeichen, bewahre mich vor dieser Prüfung, die mir nicht zusteht!
Wieder ertönten die Trommeln, sie galten mir, als ich mich zunächst widerstrebend, begleitet von Gordan, dem Alten und Hanne, auf den Festplatz führen ließ.
Die Zeremonie nahm ihren Lauf.
Oh wenn mein Kopfputz nur nicht so drücken würde, ich hatte große Mühe, meinen Kopf unter der Last aufrecht zu halten.

Wie lächerlich dieses ganze Theater.

Doch ich ließ ergeben die folgende Prozedur über mich ergehen, einer Posse gleich, die kein Ende zu nehmen schien.

Ich nahm den nun ausbrechenden Jubel huldvoll entgegen.

Sollte ich nun aus dem Leben scheiden, lähmende Angst, einen Augenblick nur – warten.

Ich hoffte auf den Moment, in dem ich mich wieder zurückziehen und zerstreuen konnte, doch noch war ich Mittelpunkt der Weihe.

Endlich war es überstanden.

Man wendete sich mehr und mehr den berauschenden Getränken und den lukullischen Genüssen zu, lachte, scherzte und genoss die ausgelassene Atmosphäre.

Jetzt sah ich den Moment gekommen, mich unbemerkt aus dem Trubel zu schleichen.

Der dunkle Wald lockte, um ein wenig allein zu sein.

Mir brummte der Schädel von den ungewohnten Eindrücken und der schweren Last, die zu balancieren ich genötigt war. Nun brauchte ich mich nicht länger mit ihr belasten.

Befreit aufseufzend, stapfte ich in Richtung der Palisaden und durchschritt beherzt die Öffnung im

Zaun, keiner der Wachen hinderte mich, denn keiner wollte das Fest versäumen.

Bald hatte mich der dichte Wald aufgenommen.

Meine Güte, was für ein Spektakel um nichts, ging es mir durch den Kopf.

Nicht genug der pompösen Rituale, so war zusätzlich auch noch ein hoher Priester geladen, der dem Irrsinn beiwohnen sollte und zu allem Übermaß, bei Sonnenaufgang, einem neugeborenen Säugling, der geopfert werden sollte, den letzten Segen zu erteilen.

Wie grausam und herzlos konnten die Menschen sein.

Lag es nicht in meiner Macht diesen sinnlosen Mord zu verhindern?

Noch war es Zeit, ich musste bald umkehren um dieses barbarischen Gemetzel zu vereiteln.

Kapitel 11: Spur des Bösen

Das erste Licht zeigte sich bereits am Himmel.
Tief aufatmend lehnte ich an einem Baum.
Die Trommeln waren allgegenwärtig, wenn auch nicht
mehr so dröhnend laut.
Doch was war das, klang es nicht wie
Pferdegetrappel? Aufhorchend hielt ich die Luft an,
jetzt vernahm ich gedämpfte Stimmen.
Oh je, nun werde ich auch noch entführt von
irgendwelchen Barbaren, nur das nicht.
Ich verbarg mich zitternd hinter einem Busch, sie
konnten mich ja nicht sehen in der Dunkelheit.
Die Stimmen und Eindringlinge kamen näher, wurden
zu Silhouetten, nahmen schemenhaft Gestalt an.
Ich duckte mich tiefer, stach mich an Dornen, einen
Aufschrei des Schmerzes unterdrückend.

„Wir platzen in eine Feier".
„Nun, gegen einen Becher Met, hätte ich nichts
einzuwenden", entgegnete die andere Stimme.
Die Stimme war mir wohl bekannt, unter Tausenden
hätte ich sie herausgehört.
Ein Freudentaumel erfasste mich, wie elektrisiert
sprang ich aus dem Busch, der Schein einer

Taschenlampe erfasste mich.

„Carla bist du das, Carla oh meine Liebste, habe ich dich endlich gefunden".

Mit einem Satz hechtete er vom Pferd und umfing mich ungestüm, die Krone fiel unbemerkt auf den morastigen Boden, als wir uns stürmisch in die Arme stürzten und wie zwei Ertrinkende fest umklammert hielten.

„Komm, komm meine Liebste", raunte er glücklich strahlend und hob mich auf das Pferd, „nun ist alles gut, so lasst uns umgehend aufbrechen", fügte er euphorisch hinzu.

Ich war sprachlos vor Glück, doch ich besann mich schnell.

„Ich kann nicht mit euch gehen – noch nicht, ich habe noch eine Aufgabe zu erfüllen, die mich niederdrückt!"

„Was sagst du da?", fragte Günter verständnislos, „was ist es, das dich hindert?"

„Bei Sonnenaufgang soll ein Neugeborenes geopfert werden", begann ich bebend zu berichten.

„All meine Überredungskünste und Beteuerungen, kein Menschenopfer für mich zu wünschen, fruchteten nicht, stellt euch vor, das Menschenblut soll zu Ehren der Göttin fließen und zu Fruchtbarkeit

der neuen Ernte auf dem Acker verteilt werden!"
„So wird das hilflose Wesen mit Gewalt dem Tode
zugeführt", stammelte ich schluchzend.
Erschüttert hatte Günter meinen Worten gelauscht,
während Hartmut, nur wissend dazu nickte.
„Das ist heiliger Brauch, ihr könnt es nicht
verhindern".
„Nein – oh nein, dies wird nicht geschehen, ich werde
es zu verhindern wissen", warf Günter wutentbrannt
ein, wendete entschlossen sein Pferd und trabte in
Richtung der Palisaden.
Wir folgten ihm und gelangten mit dem ersten
Sonnenstrahl in die Siedlung.
„Oh mein Gott seht nur, sie werden jetzt den kleinen
Kerl töten, ihm bei lebendigem Leib die Kehle
aufschlitzen".
Ein kläglich schreiender Säugling, nackt und bloß auf
einem kalten Stein, vom ersten Sonnenstrahl
getroffen, bot sich unseren Augen.
Entsetzt sah ich auf dem Felsen das hilflose Wesen im
Schein der aufgehenden Sonne, wimmernd vor Kälte,
Furcht und Einsamkeit, barbarischer Ausgestoßenheit
in der eisigen Morgenkälte.
Wo hielt man die weinende Mutter gefangen oder
weinte sie gar nicht, sondern vergnügte sich

berauscht zwischen den tanzenden Paaren?

Im wildem Galopp erreichten wir den Platz des Geschehens.

Ärgerlich über die Störung, fuhr der Priester auf. Bei unserem Anblick, hielt er erschrocken Inne, starr vor ungläubigem Staunen.

Bevor er seiner Empörung Luft machen und sein Werk vollenden konnte, ließ Günter seine Stimme laut dröhnend durch das Megafon erschallen.

„Wagt es nicht Hand an das kleine Geschöpf Gottes zu legen, wir dulden es nicht, ihr habt der Göttin zuwidergehandelt, als Zeichen ihres Zornes wird sie euch verlassen!"

Aus der atemlosen Stille erwuchs ein Raunen, das sogleich wieder verstummte, als Günter weitersprach.

„Wo ist die Mutter, sie möge auf der Stelle ihr Kind in Empfang nehmen, es wärmen und versorgen!"

„Es gibt keine Mutter mehr, sie hat es vorgezogen ihrem Leben ein Ende zu setzen".

„Zum Teufel mit euch, seht ihr nun was ihr angerichtet habt, mit euren heidnischen Sitten, ihr herzlosen Barbaren, so wird es doch eine Großmutter oder eine Tante geben, die sich des kleinen Wesens annimmt?"

Eine verhüllte Frau, wohl nicht älter als 40 Jahre, löste

sich aus der Menge der Gaffer.

„Oh bei den Göttern", rief sie in Tränen aufgelöst und streckte zitternd ihre gichtigen Arme nach dem erbärmlich schreienden Säugling aus, um ihn herzerweichend, schluchzend an ihren Busen zu drücken.

Auch ich konnte einen Schluchzer nicht unterdrücken. Doch unsere Aufgabe war erfüllt, ich warf einen letzten besorgten Blick zurück.

Benommen vor Ergriffenheit des soeben erlebten, ritten wir schweigend aus dem Lager.

Wir ritten den ganzen Tag, nur durch eine kurze Rast für die Pferde unterbrochen, um zu dem Ort des Grauens, rasch Abstand zu gewinnen.

Ich sah nicht mehr was dann geschah, wollte es nicht wissen, nun zählte einzig meine Freiheit, jetzt begann mein Leben neu, mit meinem Liebsten.

Noch als wir uns schon Meilenweit entfernt hatten, klang die unheimliche Stille in mir nach.

Geborgen zwischen den vertrauten Männern, sah ich zuversichtlich in die Zukunft, was auch immer uns an Ungemach erwartete, konnte ich nun ertragen, ich war nicht mehr allein.

Bei einbrechender Dämmerung, machten wir am Rande einer Lichtung Halt.

Ich freute mich wie ein Kind, mit Günter das kleine Zelt aufzubauen.

Es war sehr klein und nicht sonderlich stabil, aber es gab Geborgenheit und Intimsphäre, trennte uns von der Außenwelt. Für ein paar Stunden vergaßen wir die Zeit, der zu entfliehen, uns ständig Gegenwärtig war. Eng aneinandergeschmiegt, fühlten wir uns als die glücklichsten Menschen der Welt.

Wir hatten uns, wir beide - am selben Fleckchen Erde - zur selben Zeit.

Mit dem ersten Morgenlicht, pellte ich mich vorsichtig aus seinen Armen, um ihn nicht zu wecken.

Notdürftig ordnete ich mein Haar, kämmte es mit den Fingern und steckte es fest. Ich hatte nicht die Muße, nach Kamm und Spiegel zu suchen, zu kostbar war die Zeit.

Noch von den Zärtlichkeiten der Nachtstunden beflügelt, erschien mir die erwachte Natur wie das Paradies.

Beschwingt mit einem Lied auf den Lippen, machte ich mich auf Erkundungssuche. Schon nach wenigen Schritten, erkannte ich die Vielfältigkeit der Vegetation, Kräuter in Hülle und Fülle, erfreuten das Auge.

Diesmal würde ich gewiss nicht versäumen auf dem

weiten Weg, der uns bevorstand, Gewürz und Heilkräuter zu sammeln.

Alles wuchs in verschwenderischer Fülle, ich brauchte sie nur zu pflücken. Die Jahreszeit war günstig, alles sprießte frisch aus der Erde.

Quendel, Salbei, Minze, Ampfer, würzige Gundelrebe, wilder Meerrettich und vieles mehr, wanderten in meinen Beutel.

Wie schön die Welt doch ist, die unzerstörte Natur, die mich umgab in unermesslicher Vielfältigkeit.

Bald würden sie graue Mauern einer Großstadt verdrängen und alles Göttliche zerstören, wie der Mensch in alles eingreift und zu seinem Nutzen entstellt.

Welche Stadt würde hier entstehen?, sann ich nach.

Ein Rascheln und Knistern von trockenem Laub und morschen Geäst, schreckte mich aus meiner Versunkenheit, ein Wolf oder gar ein Bär?

Wie weit hatte ich mich entfernt? Etwas näherte sich mir!

„Ach da bist du Schätzchen!", erlöste mich die Stimme Günters.

„Hartmut hat ein junges Rehkitz erlegt, das wird ein Festmahl, komm meine Süße, wir werden tafeln wie die Könige", eröffnete er mir, in bester Laune.

Wenn es auch so erscheinen mochte, so war es doch kein Picknick zur Erbauung und Zerstreuung des Alltagstrottes, vielmehr begann der ewige Kampf ums Überleben, der fortan unser ständiger Begleiter sein würde.

Nicht immer fand sich ein saftiger Braten vor der Flinte. Hunger und Entbehrung zermürbten uns, auf den unwegsamen Pfaden, durch das karg besiedelte Gebiet.

Zudem war große Vorsicht geboten, denn nicht alle Stämme der Ureinwohner, die unseren Weg kreuzten, waren uns wohl gesonnen!

Mehr als einmal, trachtete man uns heimtückisch nach dem Leben, besaßen wir doch keinerlei Tauschwaren, um sie friedlich zu stimmen.

Unser für sie - merkwürdiger Auftritt war es, der sie erschreckte und gegen sie einnahm.

Denn aus praktischen Gründen, mochten wir nicht auf unsere gewohnte Kleidung, die bequemen wärmenden Hosen und Jacken verzichten.

Zudem trugen wir feste derbe Schuhe und Günter bedeckte wie stets sein Haupt mit seinem allgewärtigen Humphrey Bogart Hut, der ihm ein verwegenes Erscheinungsbild verlieh.

Hartmut hingegen, der sich feige in gewissen Abstand

von uns hielt, dünkten sie als unseren Gefangenen.

Mit viel List und Überredungskünsten, konnten wir sie letztendlich von unseren friedlichen Absichten, als Durchreisende, überzeugen.

Für den äußersten Notfall, verfügten wir ja immer noch über unsere Waffen, welche wir stets griffbereit in den Satteltaschen verwahrten.

Wir vermieden es bedacht, ein lockendes Schlaflager in geheuchelter Gastfreundschaft, anzunehmen.

Ahnten wir doch eine Hinterlist, bei Nacht im Schlaf überwältigt und gemeuchelt zu werden.

Gleichwohl geschah es auch, dass wir auf gutgläubige, friedfertige Stämme stießen, die ehrfürchtig vor uns in den Staub fielen, da sie uns für Göttliche Erretter hielten und uns fürstlich bewirteten.

Nur zu gerne ließen wir uns dort nieder und nahmen freudig ihr Angebot an, mit ihnen am folgenden Tag auf die Jagd zu gehen.

So erfuhren wir ihre besonderen Jagdstrategien, die uns sehr zu Nutzen sein würden.

Doch auch sie konnten uns auf der Suche nach unserem Wunschtraum, der von uns so wichtigen ersehnten Zeitzone, nicht weiterhelfen.

So zogen wir unermüdlich unseres Weges, weiter und weiter gen Westen.

Nach Tagen erst, stießen wir auf einen neuen Stamm, die Bauweise ihrer Hütten, hatte sich mittlerweile verändert.

Glichen sie bisher afrikanischen Eingeborenenreservaten deren Gesellschaft wir jedoch vorsorglich mieden, aus Furcht es könnte sich um Kannibalen handeln.

So mutete dieses eher, wie ein Indianer Camp an, die Behausungen waren rund und glichen eher Tipis.

Schafe und Ziegen tummelten sich außerhalb der Umzäunung.

Diese äußerst eindrucksvolle Siedlung jedoch, erregte unser größtes Interesse.

„So weit in den Westen wollte ich eigentlich nicht", grinste Günter scherzhaft, „ich schätze wir müssen uns wohl nördlicher halten!"

Kapitel 12: Falsche Freunde

Offensichtlich gerieten wir in eine wichtige Prozession der Sippenführer, die lebhaft palavernd im Kreise hockten.

Die rechtschaffenden Bauern enthielten sich jeglicher Diskussion, sie liebten keinerlei Veränderungen.

Wohl aber die jugendlichen Söhne und Töchter, die Stielaugen bekamen, als sie uns sahen. Niemals vorher hatten sie solch merkwürdige Erdenbürger gesehen wie uns.

In glänzenden Lederjacken, legeren Baumwollhosen und breitkrempigen Hüten gekleidet, um uns vor dem Nieselregen zu schützen, hoch zu Ross, erhaben herabschauend, erweckten wir wohl den Eindruck des Unwirklichen.

Hartmut hingegen, der nicht auf seine gewohnte Kleidung verzichten mochte, gewann eher ihr Vertrauen.

Skeptisch hießen sie uns dennoch in ihrer Runde willkommen.

Bald erfuhren wir, dass sie sich einst, vor langer Zeit, als Pilger in dieses Gebiet begeben hatten, in ein gelobtes Land wie sie erkannten, das fruchtbare Stück Erde in Besitz genommen und nun den Boden beackerten.

Das Vieh fand ausreichend Nahrung, ja sie hatten das Paradies gefunden, lange Zeit lebten sie zufrieden, ja bisweilen ausschweifend, mieden jedoch Kontakt mit anderen Stämmen, wollten ihren Reichtum geheim halten.

Sie unterlagen dem Irrtum, allein besser auszukommen.

„Doch nun strafen uns die Götter für unsere Überheblichkeit", begannen sie uns ihre Sorgen

auszubreiten.

„Denn wisset, unsere Kinder sterben schon kurz nach der Geburt und wenn sie überleben, zeigen sie sich kränklich, ja gar verkrüppelt und blöde!"

„Da seht nur selbst, sie vermögen nicht einmal zu laufen oder verständlich zu reden, der Sabber rinnt ihnen über das Kinn, kriechende nichtsnutzige Idioten sind es, geringer als Tiere!"

„Alle Versuche ihnen den Teufel auszutreiben, schlugen fehl, frisches Blut ist es, was wir brauchen, so kommt ihr uns sehr gelegen".

„Was haltet ihr von einem Austausch Herr? Ihr bekommt zwei Weiber für die Eine, die Eure, sie ist vortrefflich für unsere Sippe geeignet, ein göttliches Prachtweib, einzig unter der Sonne!"

„Oh ich habe noch immer einen Blick für echte Rasse, sie wird uns gewiss prächtige Nachkommen gebären", schwärmte der Alte und leckte sich genüsslich über die Lippen.

„Wie - was schwafelst du, du machst wohl Witze Alter, glaubst du im Ernst ich trenne mich von meinem Sonnenschein, du hast wohl deinen Verstand verloren, Kerl!", brauste Günter auf.

„Seid ihr nicht freiwillig bereit", fuhr der Alte unbeirrt fort, „sehen wir uns gezwungen, Gewalt anzuwenden", ergänzte er und schnippte mit den Fingern.

„Männer, nehmt sie allesamt gefangen", krächzte er

und erhob sich schwerfällig.

Plötzlich, aus heiterem Himmel, sprangen zwei Krieger hervor um uns zu ergreifen, während wohl sechs Recken ihre Speere auf uns richteten.

Hartmut indessen, der die gefährliche Lage erfasst hatte, war unbemerkt zu den Pferden geeilt und baute sich nun bedrohlich mit seinen Schusswaffen vor uns auf, was die Krieger nur zu einem verächtlichen Lachen ermunterte.

Doch das Gelächter erstarb augenblicklich, als Hartmut die Waffe schwenkend zielte und abdrückte.

Ein erschütterndes Dröhnen und Krachen, wie eine Herde von tausend wilden Pferdehufen in rasendem Galopp, hundert Trommeln mit irrem Schlag sich erhebend in ein Wahnsinnsgedröhn, ließ die Luft erbeben.

Alles erstarrte, wie vom Donner gerührt.

Ungläubiges Staunen, das sich in Entsetzen wandelte, ließ umgehend den Platz sich leeren, übrig blieben sechs Leichen, augenscheinlich die aufgeblasenen Krieger, die uns gerade noch so selbstsicher bedroht hatten.

„Oh Hartmut, ich hätte nie geglaubt, wozu du fähig bist", keuchte ich erschüttert.

„Lasst sie nun ihre Toten bestatten", stammelte

Günter, sichtlich ergriffen, „wir haben dieses traurige Ende nicht gewollt, uns bleibt jetzt nur zu gehen".

„Oh je, auch den Alten hat es erwischt!", murmelte ich benommen.

Günter beugte sich beflissen über den Stammesführer.

„Nein, den hat offensichtlich der Schlag, aeh - ein Herzversagen nieder gerafft", erklärte er kopfschüttelnd.

„Hartmut, sattle die Pferde, wir werden umgehend aufbrechen", fuhr er fort.

„Ich werde die Pferde satteln wie ihr es wünscht Herr, jedoch werde ich nicht mit euch kommen, hier benötigt man mich dringender, hier werde ich meine Aufgabe finden!"

„Aber du hast ihre Männer getötet, sie werden dich hassen", bemerkte ich besorgt.

„Das mag wohl sein, so werde ich meine Schuld sühnen und wiedergutzumachen versuchen."

„Ich werde allemal gesunde Kinder zeugen, frei von Inzest und Sünde!"

„Wie du meinst, so magst du dein Glück finden in deiner Zeit, so leb denn wohl mein Freund."

„Als Dank für deine Treue und Erinnerung an uns, sollst du das dritte Pferd behalten", brummte mein

Liebster gerührt, wendete sich abrupt um und hob mich auf den Pferderücken.

„Habt Dank Herr, das ist mehr, als ich je zu hoffen wagte, ein eigenes Pferd, es wird mir gute Dienste leisten, ich werde mich allzeit in Wehmut an euch, die ihr aus dem Nichts erstanden seid, erinnern".

„Seien alle Götter euch wohl gesonnen, möget ihr auf eurer ewigen Suche, euer Heil finden, eure Welt oder was immer es auch ist, wonach ihr trachtet", murmelte er mit bebender Stimme und ging mit weit ausholenden Schritten den Hütten entgegen.

Er hatte die Mutter seiner Kinder, die zu zeugen er gedachte, längst gefunden.

„Da steht sie und wartet auf ihn, die mit den rabenschwarzen Zöpfen und den feurigen Augen", bemerkte ich schmunzelnd.

Ich wendete mein Pferd gen Westen, spornte es zu wildem Galopp an und jagte neben meinem Liebsten dem Sonnenuntergang und der Zukunft entgegen.

Ja, wir suchten fürwahr, den Eingang in unsere Welt zu finden…

Kapitel 13: Schreck in der Morgenstunde

Wir waren uns der Gefahren, die auf uns lauerten wohl bewusst, denn geborgen in unserem Zelt, gab es nun keinen mehr, der außerhalb unseres kleinen Paradieses Wache hielt, uns vor herumstreichenden Wegelagerern und wilden Tiere warnte.
So geschah es, dass wir in der dritten Nacht, wüst aus dem Schlaf gerissen wurden.

Ein trüber Nebelmorgen ließ uns länger als gewohnt in unserer kuscheligen Unterkunft verweilten, als wir heftig durcheinander gerüttelt wurden.
Erschrocken griff Günter instinktiv nach seiner Waffe und riss, eine Diebesbande erwartend den Reißverschluss auf.
„Ergebt euch, ihr mörderisches Gesindel", brüllte er, während wir den Kopf ins Freie reckten.
Doch der Störenfried ließ sich davon nicht beeindrucken, ein ausgewachsener Bär war es, der in dem merkwürdigen Stoffberg, Leckereien vermutete.
Mit einem mächtigen Hieb des Gewehrkolbens streckte Günter den Eindringling nieder.
Doch der erhob sich nach einem Moment des Schreckens und der Verwunderung wieder, richtete

sich zu voller Größe auf und stieß ein gefährliches Brummen aus.

Auch ich hatte nach dem ersten Schreck, meine Waffe ergriffen und feuerte sie intuitiv auf den massigen Körper ab.

Die Salve streckte ihn aus nächster Nähe, erbarmungslos nieder. Nicht genug des Dramas, das sich soeben abspielte, die Ironie des Zufalls wollte es, dass er auch noch auf unser Zelt plumpste, aus dem wir uns nun mühsam heraus quälen mussten.

„Herrgott im Himmel, was habe ich getan", stammelte ich fassungslos, was für ein imposantes Tier, wie beeindruckend in seiner Erscheinung, doch nun ist er nur noch grässlich anzusehen", jammerte ich und brach in Tränen aus.

„Fressen oder gefressen werden, töten oder getötet werden, das ist das Recht des Stärkeren, so läuft es in der Wildnis", belehrte mich mein Liebster, Kaltschnäuzigkeit vortäuschend.

„Sieh es mal von der praktischen Seite Liebste, wenn wir ihn ausweiden, selbst, wenn wir nur die Leber, Herz und das zarte Filet entnehmen, können wir einen köstlichen Braten genießen und sind auf Tage versorgt!"

„Der Rest wird vielen anderen Tieren, als

willkommenes Festmahl dienen", fügte er hinzu und machte sich unverzüglich an die Arbeit, den Kadaver zu häuten.

„Das Gerben überlasse ich denen, die davon mehr verstehen als ich, komm Schätzchen, geh mir zur Hand, denn es wird nicht lange dauern, bis die Wölfe, die wilden Hunde und womöglich Tiger den Geruch wittern und anlocken, wir müssen uns beeilen!"

Da lag er nun zu unseren Füßen, der stolze Herr des Waldes, der keinen Feind fürchten musste, außer den Menschen.

Auf unserem Rückweg in die Heimat, also im Jahr 19 Hundert, in ca. 3000 Jahren, falls es uns gelingt den Zeitkanal zu finden, wird hier mit Sicherheit nichts mehr vorhanden sein, ha ha", witzelte Günter und fuhr mit seiner blutigen Arbeit fort, während ich ihm wie bei einer Operation beflissen assistierte.

Er streifte gelegentlich meinen Arm.

Noch immer ließ eine zufällige Berührung von ihm, mir ein wonniges Kribbeln in den Bauch fahren, warm durchströmen und sich wohlig ausbreiten.

Es gab nur uns, es war als wäre die Zeit verschwunden, hatte sich einfach aufgelöst.

Ich hörte seine Worte beruhigend, wie immer, fühlte mich behütet und geborgen neben ihm.

„Entfache ein großes Feuer, Liebes, wir müssen das Fleisch umgehend Rösten und für die Weiterreise haltbar machen, hol alle Pfannen und das Grillgestell, hernach werden wir durchstarten!"

In fieberhafter Eile briet und grillte ich die besten Stücke, während Günter schon das blutbefleckte Zelt einrollte und die Satteltaschen packte.

Ein köstlicher Duft stieg uns in die Nase, doch wir gönnten uns nicht die Zeit, auch nur einen Bissen zu kosten, denn Eile war geboten.

Wir mussten schnellstens einen Bach suchen, um die Pfannen und das Zelt zu reinigen, bevor das Blut getrocknet war.

Alles war verstaut, das Feuer gelöscht, nur der Kadaver, der nur noch überwiegend aus Gedärm und Fell bestand, zeugte noch von unserem Aufenthalt.

Ich konnte lange meinen Blick nicht von ihm lösen.

„Sollten wir das Fell nicht doch lieber mitnehmen, es ist zu kostbar und eine begehrte Handelsware, wir könnte es gegen zeitgemäße Kleidung eintauschen".

„Irgendwann werden wir sie sicher benötigen, falls wir auf eine größere Siedlung stoßen, was hältst du davon".

„Nun gut, dein Vorschlag entbehrt nicht einer gewissen Logik", stimmte Günter mir zu.

Meines Wissens, schmücken sie gerne ihre Hütten mit dem Kopf eines erlegten, besonderen Exemplars, wie Bär und Tiger!", fügte er hinzu.

Unsere Aktion hatte länger gedauert als beabsichtigt, der Abend senkte sich bereits über das Land, als wir uns endlich auf den Weg machen konnten.
Im letzten Licht des Tages, fanden wir den ersehnten Wasserlauf, an dem wir auch zu Campieren gedachten.
Uns blieb nicht mehr viel Zeit für unser Vorhaben, das Zelt und das Geschirr zu reinigen.
Der Vollmond war unser Verbündeter, spendete das nötige Licht, das Zelt aufzubauen.
Erschöpft krochen wir in unsere feuchte Unterkunft und fielen sogleich in einen erholsamen Tiefschlaf.
Mit dem ersten Tageslicht, brachen wir wieder auf, es galt keine unnötige Zeit zu vertrödeln, das unumstößliche Ziel vor Augen, forderte unsere letzten Reserven, doch es gab uns Kraft und Mut, durchzuhalten.
Ein heißer Sommertag erwartete uns, doch die Sonne erreichte uns kaum durch die dichten Baumwipfel und machte unser Vorwärtskommen erträglicher.
Der niemals enden wollende Wald, der uns Tagelang nicht freigeben wollte, lag nun endlich hinter uns.

Wir hatten ein wenig die Orientierung verloren, doch gegen Abend, sahen wir in der Ferne die Silhouette der Berge, düster in der Abendsonne sich erheben.

„Sollte das schon der Harz sein Liebste?"

„Ja es scheint so Schätzchen, wir haben es fast geschafft, nun beginnt die Suche nach der Grotte von der du sprachst!", entgegnete Günter und zog mich in seine Arme, zu einem Freudentanz.

„Lass uns weiterreiten, ich kann es kaum noch erwarten".

„Oh es würde noch Stunden dauern, nun kommt es auf einen Tag mehr oder weniger nicht mehr an", gab ich zu bedenken.

„Wir werden im Angesicht der Berge, unser Lager

aufschlagen und morgen in aller Frische die letzte Etappe in Angriff nehmen".

„Vorher drängt es mich, die Stätte meiner Kindheit in so unsäglicher Tiefe der Zeit, in Augenschein zu nehmen und auf mich einwirken zu lassen".

Wir müssen uns nördlicher halten und das Gebirge umgehen!", sagte ich, als wir uns am nächsten Morgen, munter auf den Weg begaben.

Wie wird es dort heute aussehen, was mag uns dort erwarten?

„Ich fürchte, du wirst eine Enttäuschung erleben, wenn du glaubst dort schon menschliche Behausungen oder gar eine Siedlung anzutreffen", dämpfte Günter meine Euphorie.

„Ja du magst Recht haben, nun dann werden wir eben umkehren".

Natürlich begegneten uns etliche reisende Kaufleute, die scharf auf das prächtige Bärenfell und ganz besonders auf den unversehrten Kopf und die Pranken waren.

Doch weil wir im Gegenzug, zeitgemäße Kleidung benötigten, um uns unauffällig unter das Volk mischen zu können, wechselte der Pelz erst nach Tagen den Besitzer.

Wir trennten uns nur zu gerne von dem sperrigen Pelz, denn da wir in der Sommerhitze, keinerlei Verwendung für ihn hatten, war er uns nur lästig.

So tauschten wir ihn, sehr zum Erstaunen der neuen Besitzer, gegen ein paar muffigen Lumpen ein.

Lumpen, die sich jedoch auf den zweiten Blick und nach einer gründlichen Wäsche im Fluss, als recht passabel erwiesen.

Unsere eigene Kleidung, die wir täglich trugen, war mittlerweile in einem erbärmlichen Zustand.

Wir befreundeten uns mit einem jungen Pärchen, das uns ein Stück auf unserem Weg begleitete.

Wir saßen mit ihnen am Feuer zusammen, tauschten Erfahrungen und Erlebnisse aus und erfuhren so interessante Details aus ihrem Leben.

Doch das führte dazu, dass wir notgedrungen im Freien campen mussten, denn wir wagten es nicht, vor ihnen unser behagliches Zelt aufzubauen.

So gaben wir vor, in eine andere Richtung ziehen zu müssen.

Mit Wehmut verabschiedeten wir uns am folgenden Tag von ihnen und schauten ihnen mit Bedauern hinterher.

Nur zu gern hätten wir ihre Gesellschaft länger genossen, um noch mehr zu erfahren, von ihren

Wünschen und Hoffnungen und dem was sie anstreben.

Wie nötig hätten wir eine Freundschaft mit ihnen aufrechterhalten.

So sahen wir uns gezwungen, alleine weiterziehen, in eine ungewisse Zukunft.

Wir widerstanden dem Drang, den erstbesten Weg zu den lockenden Bergen einzuschlagen und hielten uns rechts davon.

Mehr und mehr belebte sich der Weg, bald befanden wir uns inmitten eines vorwärtsdrängenden Menschenstromes, der offensichtlich aus Kaufleuten bestand.

Merkwürdige Gefährte, von Ochsen gezogen, ratterten knarrend durch den Morast.

Der Fahrweg, der bislang aus einem Holperpfad bestand, wuchs sich zu einer breiten Straße aus.

Staunend betrachteten wir den regen Verkehr, der sich unermüdlich in eine Richtung schob.

Missbilligende Blicke der Reisenden maßen uns.

„Was ist hier nur los, erwartet uns ein Jahrmarkt oder gar"...

„Ich fürchte, nun ist es an der Zeit, uns umzukleiden, wenn wir nicht länger unangenehm auffallen wollen, man könnte uns als Anstößig erachten".

„Komm Liebes, lass uns dort hinter der Hecke, ein Plätzchen suchen", drängte Günter.

Eine fiebrige Unruhe hatte uns erfasst, als wir uns Verkleidet, wie wir es empfanden, wieder unter das Volk mischten.

Noch immer strebten wir ahnungslos, dem unbekannten Ziel entgegen   ohne zu wissen, was der Anlass des plötzlichen Andranges war.

Bis wir es mit eigenen Augen sahen.

Vor uns tauchte – wir glaubten unseren Augen nicht zu trauen. Ungläubig bestaunten wir das Wunder, das sich vor uns auftat, das Terrain, das sich so sehr von dem bisher gesehenen unterschied.

Nach den kümmerlichen Siedlungen, die wir bisher passierten, glich es eher einer Großstadt!

Nur die Hochhäuser fehlten.

Der ungewohnte Trubel, ließ uns den Atem stocken, verwirrte uns vollends.

Kapitel 14: Fenster in die Vergangenheit

Wir brauchten eine Zeit des Begreifens, mussten uns erst sammeln.

So lösten wir uns aus dem Gedränge und strebten einen abgelegenen Hang an, von dem wir staunend auf die riesige Niederlassung starrten, es war, als sähen wir durch ein Fenster in die Vergangenheit.

„Wo sind wir hier nur gelandet, hast du davon gewusst Liebste?", fragte Günter ergriffen.

„Hm - ich wusste wohl, dass hier einstmals eine frühe Siedlung bestand, aber nichts davon war geblieben, bis auf ein paar eigenartige, mystische Hügel".

„Alles war verschwunden, versunken in der Zeit, als ich einst hier stand, in der Zukunft im Jahre 2010, bedenke, mehr als 3000 Jahre sind seitdem vergangen!"

„Wenn ich mich nicht täusche, ist das dort die Hünenburg, schau nur, wie erhaben sie über den Hütten thront".

„Und sieh sie dir an, dort sind sie, meine Vorfahren, die alten Germanen".

„Meine Güte, nur wenige Kilometer entfernt, habe ich gelebt, dort wo sich nur eine trostlose Ebene mit knorrigem Gesträuch erstreckt".

„Hier war meine zweite Heimat, hier habe ich gelebt, so viele Jahre, vor unserer Zeit, nun bin ich Heimatlos", murmelte ich aufseufzend und brach angesichts der Ödnis, in Tränen aus.

„Was soll aus uns werden, wenn wir nicht den Eingang in unsere Zeit finden?"

„Wir haben uns, alles Weitere wird sich finden, wir werden schon das Beste aus unserer Situation machen", tröstete mich mein Liebster, der stets eine Lösung wusste.

„Ja – ja", bestätigte ich, nur beiläufig, denn ich hatte nicht alles gesagt, was ich wusste.

„Nun komm Liebste, quäl dich nicht länger mit unnützen melancholischen Grübeleien, lass uns in den Trubel eintauchen".

„Doch wie kann es sein, dass später nichts mehr von dieser Pracht und Blüte jener Zeit künden wird, denn keine Großstadt erhebt sich in der Nähe", sprach ich meine Gedanken aus.

„Nun ja, erst in etwa ca. 25 Kilometern Umkreis, wird einst Wolfenbüttel, Osterwiek, Helmstedt und weiter nördlich, Braunschweig erstehen".

„Ja es ist schon sehr verwunderlich, dass nichts von alledem hier geblieben ist", sinnierte Günter und wendete entschlossen sein Pferd, dem sprühenden

Leben entgegen.

Bald befanden wir uns inmitten des Trubels.
Schuhmacher, Waffenschmiede, Korbflechter,
Besenbinder, Gerber und Lederer, boten ihre Waren
feil.

Die größte Werkstätte jedoch, betrieben die Töpfer,
mit von Hand geformten, prächtigen Krügen und
Schalen, künstlerisch verzierten Gefäßen aller Art, die
lebhaften Andrang und willkommenen Zuspruch
fanden.

Possenreißer und Minnesänger belebten das
geschäftige Treiben.

Beflügelt von der Atmosphäre, ließen wir uns
mitreißen und für einen Moment unsere
Kümmernisse vergessen. Ich schloss benommen die
Augen.

Das Getöse vermischte sich mit den Hammerschlägen
der Kupfer und Bronzeschmiede, dem Singsang der
Marktweiber und den Rufen der Garköche.

Kinder - Geplärre, Raunen und allgemeines
Stimmengewirr und das Zischen der heißen Dämpfe,
die wie Geysire in die Luft stoben, explodierten in
meinem Kopf wie Feuerwerk.

Schnell wurde uns bewusst, dass wir nur Zuschauer,
wie bei einem gut inszenierten Theaterstück waren,

aber gehören wir nicht auch dazu, wenn wir
hierbleiben? Ging es mir durch den Kopf.
Unerbittlich wurden wir weiter gedrängt, verloren uns
fasst im Strom der nachfolgenden Menschen.
Meine Abenteuerlust war plötzlich erwacht, wie
dumm wäre es von uns, diese einmalige Gelegenheit
nicht zu nutzen.
Fasziniert von den neuen Eindrücken, fasste ich einen
spontanen Entschluss.
„Du wirst es töricht finden, aber ich möchte ein paar
Wochen, oder noch länger, hier verbringen, ehe wir
weiterziehen, ich will das Lebensgefühl dieser Epoche
auf mich einwirken lassen, als wäre es unsere Zeit",
bekannte ich.
Wir haben keinerlei Tauschwaren, um uns eine
Existenz aufzubauen!", gab Günter zu bedenken.
„Nun wir könnten uns von einer unserer Pfannen
trennen, von einem scharfen Messer, oder"...
„Um Himmelswillen, das wäre das dümmste was wir
tun könnten, aus was bestehen denn unsere Pfannen
und Messer?"
„Aus Edelstahl, denke ich".
„Ach – und wo sollten wir sie hergezaubert haben,
wenn es noch kein Eisen gibt?"
„sie würden uns wegen Hexerei an den Pranger

stellen, wir müssen uns einfügen in das hiesige Leben und mit den Wölfen heulen".

„Ich habe eine bessere Idee, habe ich nicht ein Handwerk anzubieten, Schätzchen?"

„Ja – ach ja, das ist genial, deine Berufung als Arzt, die dich in allen Facetten deines Seins erfüllt!"

„Nun obliegt es uns, nur noch eine passende Behausung zu finden, jetzt da ich ein Ziel vor Augen sehe, habe ich eine genaue Strategie meines Vorgehens", frohlockte er und machte sich voller Tatendrang, an die Ausführung seines Plans.

Er drängte sich behände durch die Menge, auf der Suche nach einem Ansprechpartner, kaum, dass ich mithalten konnte.

Hinter einem Töpferstand, thronte eine Gruppe älterer Männer, erhaben auf Schemeln sitzend, die dem lebhaften Treiben gelassen zu schauten.

Man konnte sogleich sehen, dass es sich bei ihnen nicht um gewöhnliche Handwerker handelte.

Günter gesellte sich zu ihnen und baute sich in seiner stattlichen Größe vor ihnen auf, um ihnen den Blick zu versperren und so ihre Aufmerksamkeit auf sich zu lenken.

Was ihm auch augenblicklich gelang.

„Was ist euer Anliegen wackerer Herr, ich sehe, ihr

kommt von sehr weit her, sicher beliebt ihr Obdach bei uns zu finden, nun denn, unsere Herberge steht euch offen", sprach ein altes Männlein mit schlohweißen Bart und verschmitzten Augen ihn an und wies auf das Langhaus hinter den Ständen.

„Ihr geht recht in der Annahme, es liegt in der Tat ein weiter, langer Weg hinter uns, guter Mann und wir benötigen ein Obdach!"

„Gleichwohl aber suche ich eine feste Bleibe für mich und meine wehrte Gattin", fügte er hinzu und zog mich aus dem Gedränge hervor.

„Oh – Mann, wenn das eure ehrenwerte Gattin ist, so werde ich euch gerne in meinem Anwesen willkommen heißen, ein Sonnenschein in meinem Haus", ergänzte er.

„Aber nicht doch, bemüht euch nicht, wir geben uns mit einer bescheidenen Hütte zufrieden", warf Günter ein.

„Ich bin Heiler und meine Gattin geht mir nach Kräften zur Hand, müsst ihr wissen, wir benötigen nur ein …"

„Ah – ich verstehe, ihr benötigt ein Haus für euch allein!", antwortete er belustigt.

„So sei es denn, einen Heiler können wir dringend gebrauchen, euch schickt der Himmel, so kommt, ich selber werde euch führen und sehen was sich machen lässt", rief er und erhob sich umständlich, „so folgt mir, es wird bald dunkel sein".

Während er vor uns herdackelte stellte ich fest, dass er meinem Gatten noch nicht einmal bis zur Schulter reichte.

Als hätte er meine Gedanken gelesen, brummte er kopfschüttelnd mit einem abschätzenden Blick auf Günter:

Ein Riese wie Ihr, ist mir noch nicht zu Gesicht gekommen, ihr seid mir schon ein eigenartiger Zeitgenosse, wo wachsen solche Riesen, wo kommt ihr her?"

„Aus dem Niemandsland, womöglich existiert es schon gar nicht mehr!", entgegnete Günter vieldeutig.

Wir durchquerten den Platz.

Der Lärm verklang, wurde zu einem Rauschen je weiter wir uns entfernten.

Frauen allen Alters mit Körben beladen, gefolgt von lärmenden Kindern, liefen geschäftig umher.

Ihre Blicke maßen uns neugierig.

Das Bild hatte sich verändert, unser Gastgeber bellte unwirsch ein paar Befehle, worauf die Weiber wie eine aufgeschreckte Hühnerschar auseinanderstoben.

Vor einer Hütte, größer als die anderen, machte er

Halt und nötigte uns wichtigtuerisch, einzutreten.

„Was sagt ihr nun, ist dieses Haus euer würdig?"

Nun pries er stolz alle Vorzüge, der für uns armseligen Behausung und wartete gespannt auf unsere Zustimmung.

Heftig nickend fügten wir uns in unser Los.

„Richtet euch ein, ich werde euch Morgen in aller Frühe meine Aufwartung machen, denn wisset, meine alten Knochen machen mir sehr zu schaffen".

„Husten und Auswurf plagen mich und allerlei andere Gebrechen, oh es ist ein Kreuz alt zu werden, welch ein Segen für uns, euch hierzuhaben, mögen die Götter euch alle Kraft verleihen", grummelte er und ließ uns allein.

Zögernd betraten wir die Hütte.

Obwohl wir kaum mehr erwartet hatten, traf es uns wie einen Keulenschlag, hier unsere Zukunft aufzubauen.

So übertraf es dennoch all unsere Vorstellungen, denn es mangelte an allem von uns Gewohnten, hatten wir so etwas wie Möbel erwartet, so fanden wir nur einen Haufen welker Blätter mit Heu vermischt, mit derbem Tuch bedeckt, als Schlafstätte. Des weiteren - grobe Holzbalken, als Bänke, Tisch und diverse Ruhe Möglichkeiten.

Das fehlende Tageslicht, ließ die düstere karge Einrichtung, alles andere als heimelig erscheinen.
Es erinnerte mich an eine primitiv, zusammengezimmerte Spielbude meiner Kindheit, in der wir Stunden ungestört unsere Fantasien ausleben konnten, um hernach in einem sauberen weichen Bett geborgen, im Elternhaus weiter zu träumen.
Wie kann man hier leben?
Wir fassten uns an den Händen und betrachteten fassungslos, was sich unseren Augen darbot.
Ein Gefühl tiefer Trostlosigkeit, legte sich über uns.
Ein durchdringender Ton, wie von einem Nebelhorn, alles übertönend, ließ uns einen Schauer über den Rücken rieseln.
„Eine Lure, vermutlich wird hiermit der Feierabend eingeläutet", bemerkte Günter andächtig.
Ein nie gekanntes Gefühl der Unwirklichkeit, gepaart mit Mutlosigkeit, lähmte mich, wollte mich schier erdrücken.
Das Tageslicht erlosch, eine unbekannte Gefahr umgab mich, griff bedrohlich nach mir, in der fremden, beängstigen Umgebung.
Ich schauderte, ein Schluchzer entrang sich meiner Kehle.
Ich spürte die Arme meines Gefährten, mich tröstend

umschließen.

„Oh Liebster, ich weis nicht, ob ich dies alles ertragen kann", hauchte ich mit bebender Stimme.

„Ach, du siehst alles zu schwarz, wir brauchen nur Licht", beruhigte er mich und kramte se
ine Taschenlampe hervor.

Mit flinken Händen breiteten wir nun unsere Schlafsäcke auf die weiche Unterlage. Es knisterte, als wir uns erschöpft darauf niederließen.

Kapitel 15: Spur der Ahnen

„Wir hätten uns so leicht verfehlen können, zusammen lässt sich alles ertragen, das war weis Gott nicht immer so", murmelte mein Liebster.

Ich hörte seine geflüsterten Worte und sog sie begierig auf und kuschelte mich ergeben in seine Arme.

Plötzlich war es, als wäre die Zeit verschwunden, einfach ausgelöst.

Die Dunkelheit hüllte uns gnädig ein, wir schwebten in einem zeitlosen Raum.

Der Lärm war verstummt, eine gespenstige Stille umgab uns. Wir hörten nur noch das Rascheln der Ratten im Heu. Was mag der neue Tag uns bringen?

Zu unserer Beruhigung, hatten wir noch kalten Braten und frisches Quellwasser für die nächsten Tage.

Die Strapazen des vergangenen Tages, hatten uns ermüdet und ließen uns bald in einen tiefen Schlaf versinken.

In lebhaften Träumen, marschierte ich im Gleichschritt, mit der Kampftruppe Wotans, durch die Wildnis. Wotan lebt ja noch, dachte ich verwundert, aber wo ist mein Liebster?

Hatten wir uns nicht schon längst gefunden?

Warum war er nicht bei mir?

Ein Gepolter, wie von einer ganzen Armee, ein merkwürdiges Säuseln und Wispern, welches sich zu einem dröhnenden Gelächter auswuchs, schreckte uns aus wilden Träumen.

Erschrocken, rissen wir die Augen auf. Günter fuhr empört auf und griff instinktiv nach seiner Waffe. Benommen hob ich meinen Kopf und starrte der Ansammlung von einem bunten Ensemble, wie vor einer großen Aufführung entgegen, das sich belustigt kichernd, vor unserem Schlaflager versammelt hatte.

„Was wollt ihr hier, was fällt euch ein?", knurrte Günter aufgebracht und erhob sich zu seiner ganzen Größe.

„Oh ihr stört uns nicht, es ist noch Platz in der Hütte!", erhob einer der Männer das Wort und machte ein Zeichen der Besänftigung und des Friedens.

„Ihr seid uns willkommen, verzeiht die Unruhe, aber die Kinder sind nun einmal ungestüm, wie Kinder eben sind, lasst euch durch uns nicht stören, ich denke wir werden schon gut miteinander auskommen", fügte er hinzu und trieb seine Herde, zur Ruhe ermahnend, an uns vorbei, in die Tiefe des Hauses.

Im ersten Moment, erschien uns ihre Mundart, wie eine andere Sprache, die wir dennoch mit etwas Anstrengung verstanden.

Doch mit der Ruhe war es vorbei.

Aufgeregte Kinderstimmen, Getrampel und das Murren der Frauen, begleiteten unsern hastigen Aufbruch.

„Was soll das alles, ist das hier ein Narrenhaus, wo sind wir hier nur hingeraten?", polterte mein Gatte kopfschüttelnd.

Nach einem Moment der Besinnung, sagte ich:

„Hast du geglaubt, wir hätten ein Haus für uns allein? In dieser Zeit ist das nicht üblich, wir werden uns mit den Gegebenheiten abfinden müssen", versuchte ich, meinen Liebsten zu besänftigen.

„Du meinst, wir sollen hierbleiben, inmitten dieser wilden Kinderschar?"

„Nun ja, wir haben wohl keine andere Wahl, als uns gezwungener - maßen, einzufügen, es ist wie es ist!"

Er raufte sich genervt die Haare, er schien völlig überfordert, von dieser neuen Situation.

„Beruhige dich mein Liebster, es ist ja nicht für immer, du wirst sehen, alles wird sich fügen".

„Kleide dich an und mach einen Erkundungsgang durch die Gemeinde, du musst deinen Kopf freibekommen", ergänzte ich und drückte ihm einen raschen Kuss auf die Wange.

„Ich werde mich unterdessen unter die Sippe mischen und erkunden, was von uns erwartet wird".

Ein Knirps in einem kurzen Kittelchen, hatte den Weg zu uns gefunden und war beherzt, plappernd auf unser Schlaflager gekrochen, er patschte nach Günters Händen und begann lebhaft zu hüpfen, wobei das spärliche Hemdchen seinen blanken Po entblößte.

„Sieh mal an, ein Knabe bist du also", komm mein kleines Herzchen, lass uns zu deiner Mama gehen", sagte ich lachend und ging mit ihm an der Hand dem Lärm entgegen, nachdem ich Günter verschmitzt zugezwinkert hatte.

Im Näherkommen, sah ich, dass alle der kleineren Kinder, in solche praktischen Kittelchen steckten. Eine der Frauen verteilte gerade Näpfe mit dampfendem Hirsebrei, als sie mich bemerkte, füllte sie eilig einen weiteren Napf und hielt ihn mir entgegen.

„Ah – werte Frau, ihr kommt gerade recht, hier nehmt die Stärkung, bei uns soll keiner darben, wir sind halbverhungert nach der langen Reise, denn wisset, wir kommen von der Beilegung unseres verehrten

Vaters, aus dem Land hinter den Bergen!"

„Habt Dank ihr Lieben, auch wir kommen von weit her, auch ich bin hungrig wie ein Wolf", bekundete ich dankbar.

Nun löste sich eine andere Frau aus der schummrigen Halbdunkel der fensterlosen Behausung und schob mich energisch auf die derbe Holzbank.

Jetzt hatte ich alle Muße, mich in Ruhe umzusehen.

Hatte ich mich über die Wärme und den Qualm, die mir bei meinem Eintritt in die Nische entgegen strömten gewundert, so sah ich jetzt den Ursprung dessen.

„Oh – ihr verfügt über eine eigene Feuerstelle im Haus!", rief ich erstaunt.

„Ja, ein eigenes Feuer, es ist unser ganzer Stolz, Quell unseres Lebens", bestätigten die Männer, die sich bereits auf der Sitzbank niedergelassen hatten.

Heftig nickend, priesen sie gestenreich das steinerne Wunderwerk.

Als sie eifrig mit hölzernen Spachteln ihren Brei löffelten, entblößten die Frauen ihre Brüste, um die jüngsten Schreihälse an ihrem prallen Busen zu nähren.

Augenblicklich kehrte Ruhe ein.

Mein Gott, ich darf mitten unter ihnen sein, darf mit

eigenen Augen und Sinnen alles mit ihnen erleben. Heute, Morgen und so lange es mir beliebt, teilhaben an ihrem Leben, würde ich ein wenig der Geheimnisse die jene Zeit umgab, ergründen und Licht ins Dunkel bringen?

„Wir können uns glücklich schätzen Liebster", empfing ich meinen Gatten, als er Stunden später von seinem Erkundungsgang zurück kehrte.
„Dieses Haus, so primitiv es auch erscheinen mag, verfügt über eine eigene Herdstelle, denk nur wir könnten uns noch nicht einmal einen simplen Tee aufbrühen, hätten kein heißes Waschwasser und keine Möglichkeit, unseren Morgenkaffee zu genießen!"
„Was hast du erkunden können, was gibt es zu berichten?"
„Ich bin Kilometerweit marschiert, was ich gesehen habe, beunruhigt mich zu tiefst!"
„Die Wälder im Umkreis sind überwiegend abgeholzt, es qualmt und brodelt im Lager, in der Schmelzerei herrscht reges Treiben, Kupfer und Bronze werden emsig geschmolzen und zu Werkzeugen, Waffen und Gebrauchsgegenständen in Formen gegossen".
„Du kannst dir die Hitze nicht vorstellen, das Zischen der Dämpfe die wie Fontänen in die Luft entweichen,

sie glauben besonders fortschrittlich zu sein und so ist es auch!"

„Sie fertigen auch vortreffliche Haushaltsutensilien, wunderschöne Gefäße, Schalen, Krüge und allerlei Zierrat, sie sind allemal Meister ihres Faches".

„Jede Zeit in jeder Epoche erschien den Menschen, als besonders fortschrittlich, unsere Zeit, das 21. Jahrhundert mit den neusten Errungenschaften, wie Computer und Smartphone, wird schon zwanzig Jahre später, mitleidig belächelt".

„Mich sollte es nicht wundern, wenn sie schon bald das Erz, als nützlichstes Metall, alles bisher da gewesenen, entdecken und nutzen".

„Sie brauchen ja gar nicht weit gehen um es zu finden, gab es im Harz nicht unerschöpfliche Eisenerzminen?"

„Was meinst du, sollte ich ihnen nicht einen Wink geben, Schätzchen? ich könnte dem Fortschritt einen großen Schritt voran helfen!"

„Nein nur das nicht, wir dürfen der Zeit nicht vorausgreifen, lass den Dingen seinen natürlichen Lauf, sie werden eines Tages schon selber darauf kommen, alles zu seiner Zeit, es herrscht doch schon jetzt ein gewaltiger Aufschwung!"

„Aber warum haben sich die Menschen ausgerechnet hier niedergelassen und warum sind -Sie- fortgezogen aus diesem blühenden Imperium, denn nicht Krankheiten waren es, es gibt praktisch keine Zeitzeugnisse, wie etwa Massengräber, die von einer Seuche kunden!"

„Selbst bei großen Feuerbestattungen müssten noch erkennbare Spuren vorhanden sein".

„Ja, das alles ist recht rätselhaft und unerklärlich", stimmte Günter mir zu, „doch das werden wir nie erfahren, sie wissen ja nicht, was in der Zukunft geschieht, denn sie erleben ja nur eine winzige Etappe der ewigen Zeit", ergänzte er nachdenklich.

Eines Tages hörte ich ungewollt einen lebhaften Disput unterdrückter Stimmen zwischen den Frauen, der gewiss nicht für meine Ohren bestimmt war.

„Was hat sich der Alte nur dabei gedacht, die beiden bei uns unterzubringen, habt ihr schon mal solch ein ungewöhnliches Weib gesehen, in einem Gewand, das sie abends trägt, wenn der Riese, der große Allwissende bei ihr ist und gar die Füßlinge, die sie trägt".

„Bah – und wie sie sich gibt und bewegt, wie eine Dame hohen Standes, was macht sie nur bei uns?"

„Also ich werde sie nicht länger bedienen!" hörte ich die andere Frau gehässig antworten.

Ich horchte auf. Empört eilte ich zu Ihnen, einen

bösen Spruch auf den Lippen unterdrückend.

„Ihr braucht mich nicht bedienen, ich werde mich nach Kräften bemühen, eine gleichwertige Hilfe zu sein, verfügt über mich!", sagte ich, um Frieden bemüht.

So geschah es denn.

Doch sie nahmen mich nicht für voll, betrachteten mich als Exotin, eine Fremde - Unwissende, sie bedienten mich weiterhin, als wäre ich höhergestellt, was mir gar nicht gefiel.

„Sie verfügen nur über mich", klagte ich eines Abends Günter mein Leid nach Tagen der Untätigkeit, „ich werde nie eine von Ihnen sein!"

„Oh zum Glück Liebste, du solltest nie eine von Ihnen werden, du sollst bleiben wie du bist, meine Königin, lass dich nie unterkriegen von dem neidischen Weibervolk", grinste er.

Er hat keine Ahnung, wie ich mich fühle, dachte ich vergrämt.

Es fiel mir gewiss nicht leicht, mich anzupassen und unterzuordnen, waren mir doch die Sitten, Gebräuche und heidnischen Zeremonien dieser Zeit fremd.

Die Tatsache, dass die Geschlechter nicht auf den ersten Blick auseinander zu halten, sondern hauptsächlich an dem Größenunterschied abzuschätzen waren, passte nicht in unsere Vorstellung und dem vorgefertigten Bild im Kopf, denn Männlein und Weiblein trugen nahezu gleiche Gewänder, die über dem Körper, einfach übereinandergeschlagen und mit einer Art Gürtel zusammengehalten wurden.

Die Frauen hingegen, begnügten sich meist damit, den Umhang praktischerweise locker umhüllt zu tragen, denn nicht selten verbarg sich ein Säugling darunter.

Am warmen Busen behaglich dösend, ganz dicht an der Quelle der Lust.

Alle stapften barfüßig auf klobigen Holzsohlen, die mit Lederriemen, bis an die Waden geschnürt wurden, geräuschvoll durch das Haus.

Was tragen sie im Winter, wie wärmen sie sich bei Frost und Schnee?

Die Haarpracht wurde selten geschnitten und gewaschen, denn sie diente fettstrotzend, wärmend im Winter wie Schal und Mütze.

Was den eigenartigen Geruch, etwa von Hundefell, nach Regen ausströmte. Nun ja, man gewöhnte sich schnell daran.

Die Arbeiter an den vor Hitze brodelnden Schmelzöfen hingegen, erkannte man auf den ersten

Blick, an ihren kurzgeschorenen Stoppeln.

Gleichwohl war es gelegentlich von Nöten, die Köpfe kahl zu scheren, wenn die Zotteln völlig verfilzt, oder wenn sich gar zu viele - Minivampire- darin tummelten.

Nicht, - dass sie nicht auch schon ein kammähnliches Frisierutensil gehabt hätten, lag doch den meisten nicht viel an Körperpflege und Styling, damit vertrödelte man keine Zeit. Dreck wärmt bekanntlich.

So waren es, wie sollte es anders sein, hauptsächlich blutjunge Frauen, deren Eitelkeit plötzlich erwachte, wenn es galt, sich ins rechte Licht zu setzen, die Aufmerksamkeit und das Wohlwollen des eventuell späteren Gatten auf sich zu ziehen.

Die Konkurrenz ist groß!

Was tragen sie im Winter, unter dem derben Obergewand?

Würden wir den Winter noch hier erleben?

Wenn ich sie heute beschreiben sollte, oder später – viel später, könnte ich sie noch immer bis ins kleinste Detail beschreiben.

Dennoch würde sich jeder nach meinen Worten ein anderes Bild von ihnen im Kopf zusammenstellen.

Unsere geruhsame Zweisamkeit hatte ein jähes Ende, niemals waren wir allein im Haus.

Stattdessen waren wir von stetem Lärm, Gezeter und Kindergeplärre umgeben.

Während Günter schon frühmorgens das Haus verließ, war ich gezwungen, den Tag zwischen den anderen Frauen und Kindern, in der bescheidenen Unterkunft zu verbringen.

Ich versuchte so wenig wie möglich, über die Erkenntnisse in fernster Zeit zu grübeln, um noch einen gewissen Zauber der Vergangenheit, in welcher wir uns ja befanden, aufrecht zu erhalten.

Diese Zeit war jetzt unser Leben, sie galt es zu meistern und zu überstehen.

Waren wir gewappnet, Mühsal und Krankheiten zu bewältigen, oder waren unsere Körper verweichlicht und nicht imstande, wenn nötig eine unbekannte Seuche zu überleben?

Auch dieses Haus bestand aus jener merkwürdigen Bauart, aus geflochtenem Geäst und Lehm gefertigt, gerne hätte ich einmal bei der Errichtung eines solchen Bauwerkes zugesehen.

Vier Männer in den besten Jahren, drei Frauen, sowie zehn Kinder von wenigen Monaten bis hin zur Pubertät, welche schon zum heiratsfähigen Alter zählten, fasste das Haus.

Darunter ein Witwer, dessen Partnerin erst im

vergangenen Winter das Kindbettfieber dahingerafft, teilte mit uns das Domizil.

Es gab keine Intimsphäre, wenn die Nacht hereinbrach, hörte ich sie ungeniert stöhnen und keuchen.

Wir versuchten uns zunächst in Zurückhaltung, gaben es jedoch bald auf. War es doch ein menschliches Bedürfnis und nichts Verwerfliches, sondern von Gott gegeben. Paaret und Vermehret euch, steht es schon in der Bibel.

Ich fühlte mich bisweilen, wie auf einem anderen Stern, von allen Sünden der Welt umgeben.

Drei Paare und ein Witwer ohne Weib, doch das konnte auf die Dauer nicht gut gehen, dachte ich oft, zumal ich längst die begehrlichen Blicke des jungen Mannes, den kein williges Weib umarmte, auf mir spürte.

Er begann mir auf die plumpe Art, aber unmissverständlich den Hof zu machen und störte so erheblich den Frieden.

Welches man ungerechterweise mir ankreidete, obgleich es niemals bei dem täglichen Gezanke so vieler Personen unter einem Dach, einen beschaulichen Frieden gegeben hatte.

Ich ignorierte die Annäherungsversuche, gab mich

kühl und abweisend, was ihn offenbar antörnte und in seinem Bestreben mich zu gewinnen, noch stärkte, jedoch den Zorn und Neid, besonders der Frauen, heraufbeschwor.

Während Günter als Einziger, nichts von meiner heiklen Lage mitbekam, da er meistens nicht anwesend war.

Er hatte ja seine Aufgaben außerhalb des Hauses, wie schon sein halbes Leben, war sein Tag mit Krankenbesuchen ausgefüllt.

Zunächst begann mein neuer Verehrer mir heimlich nachzustellen, doch bald folgte er mir auf allen meinen Wegen.

Bis es auch endlich Günter nicht mehr übersehen konnte.

Als er ihn selbst bei seinen Belästigungen und Grabschattacken auf frischer Tat ertappte.

Was ein furchtbares Donnerwetter heraufbeschwor und schließlich in einer rüden Prügelei endete.

Oh – je, darauf hätte ich gern verzichtet, denn ich kannte meinen Günter nur zu gut, wenn er in Rage geriet und seine Fäuste gebrauchte.

„Er braucht eine Frau", sagte ich kleinlaut zu seiner Verteidigung, als er verstört, blutig und verstört am Boden hockte.

Es brodelte im Gebälk, doch das Leben ging weiter, es gab, wie immer viel zu tun, um den großen Haushalt reibungslos zu versorgen.

Ich saß mal wieder mit den Frauen vor dem Haus, wir rupften Hühner, wie immer von der lärmenden Kinderschar umgeben.
Später wenn das Fleisch im Kessel brodelte, würden wir gemeinsam den Brunnen aufsuchen, um den Tagesbedarf an Wasser heim zu schleppen.
Eine mühselige Schinderei, Tag aus Tag ein.
Lasst uns noch einen Abstecher zu dem großen Denkmal vor der Hünenburg machen, es lässt mir keine Ruhe, ich möchte zu gerne wissen was dort in Stein gemeißelt steht".
„Vielleicht könnte ich die Bedeutung entziffern!"
„Bah – wozu soll das gut sein, erspart euch den Weg, keiner, noch nicht einmal unser ehrwürdiger Stammesfürst weis deren Bedeutung, nur die Götter können sie deuten, denn von ihnen sind sie ja einst erschaffen, oder gehört ihr etwa zu den hohen Schriftgelehrten, welche die Runen zu deuten wissen"?
„Ja und nein - denn ich fürchte, selbst ich kann sie nicht entziffern".
Ich zermarterte mein Hirn, doch so sehr ich mich auch

anstrengte, konnte ich nicht mehr, als die Worte Männer, Frauen und Volk entziffern.

„So ist es doch an euch gerichtet, auch wenn ich keinen Zusammenhang erkennen kann".

War ich auch in der Gemeinschaft aufgenommen und eingebunden, so war sie mir auch nach Monaten, noch fremd und gleichermaßen vertraut.

Man geht unter in den Massen, überlegte ich, hier ist man stets nur ein Rädchen im Getriebe, unbedeutend wie ein Wassertropfen im Fluss, es sei denn, man hebt sich hervor durch eine hervorragende Kunst oder übermächtiges Wissen, wie mein Gatte.

Er genoss mittlerweile Ruhm und Ansehen, bekleidete die höchste Stellung und wurde bald als eine Art Übermensch, wenn nicht gerade, Göttlich angesehen, denn er versorgte die gesamte Sippe zusätzlich mit ausreichend und vielfältiger Nahrung.

Wenn auch die Männer durch ihr Handwerk zum Lebensunterhalt beitrugen, so war er es doch, der ein gewisses Maß an Reichtum anhäufte und bald den Neid der anderen Sippen auf uns lenkte.

Denn unsere Vorratsgruben waren reich gefüllt.

Hagen, der Witwer hingegen, hatte eine besondere Begabung, er war zu etwas Höherem ausersehen, er diente unter den Soldaten und zeichnete sich als begnadeter Bogenschütze aus.

Mehrmals hatte ich ihn in seiner prachtvollen Ausrüstung gesehen. In dem typischen Helm der bis an den Hals langte und nur die Augen frei gab, so wie dem großen reichverzierten Schild, der golden in der Sonne blinkte. Ein eindrucksvoller Anblick.

Doch der Haussegen hing schief, solange das Gleichgewicht nicht wiederhergestellt war.
Ich übersah die missbilligenden Blicke auf meinen noch immer flachen Leib, ich wusste was sie dachten und von mir erwarteten, was es hieß, Frau zu sein.
Denn eine Frau ohne Kinder ist keine richtige Frau, ist nur eine leere Hülle, die ihre Mission nicht erfüllt hat.

Eines Tages machte ich mich auf den Weg, den Hügel hinauf. Es ließ mir keine Ruhe, ich wollte endlich die Hünenburg aus der Nähe betrachten.
Doch nach wenigen Metern schon, wurde ich von einem Soldaten mit einem Speer bewaffnet, aufgehalten. Denn der Zugang war dem niederen Volk nicht gestattet, also dem gesamten Unterdorf verwehrt.
Wer ist es, der sich über das Volk erhebt, sich höher, edler und mächtiger dünkt? Durch Abstammung etwa, ein Edelmann von Geblüt.
Doch waren nicht alle Menschen gleich am Anfang

der Zeit? Überlegte ich.

Wer und was machte ihn zum Edelmann – König oder gar Kaiser, zum Herrscher über Andere.

Ein großer Krieger und Stratege geriet durch Verdienste, große gewonnene Schlachten und außergewöhnliche Erfolge an die Macht.

Wo verbarg er sich, thronte er von seinen Männern umgeben, gebot und herrschte von dort oben aus, über seine Untertanen?

Wer war ich, die ich glaubte, ihm unbefangen gegenüber treten zu können.

Gleichwohl war er auch nur ein menschliches Wesen wie du und ich.

„Oh schöne Maid, ich wäre untröstlich euch festnehmen zu müssen, so müsste ich euch unverzüglich dem obersten Herrscher vorführen, der dann entscheidet was mit euch geschieht".

Riss mich der junge Krieger aus meinen Überlegungen.

„Ihr solltet nicht träumend hier herum spazieren".

„So – so, ihr wollt mich also festnehmen, ein stolzer Krieger wie Ihr, vergreift sich an einer zarten Frau, ihr werdet mir doch gewiss keines Leides antun",

säuselte ich kess mit verträumt unschuldigem Augenaufschlag.

„So klärt mich auf, die Burg also ist tabu, okay, wozu aber ist dieses Prunkgebäude auf Säulen dort nutze?"

„Das ist der Tempel für unsere Göttin!"

„Ah – ja, die Göttin Ostara, habt ihr sie denn schon mal von Angesicht gesehen?"

„Wir nicht, aber unsere Urahnen haben sie gesehen, kündet die Überlieferung!"

„Nun gut, was aber soll der Palisadenzaun, wen soll er schützen, wenn das Volk ihn nicht passieren darf, ist es schutzlos den bösen Mächten ausgeliefert!"

„Nur bei einer feindlichen Belagerung ist es dem Volk gestattet, dahinter Zuflucht zu suchen!", belehrte er mich.

„Ich würde euch gerne schützend begleiten, doch ich muss meinen Posten wieder beziehen holde Dame, schönste unter dem Himmel, eure Blicke, verblenden mich, versengen mein Hirn, ich verglühe."

„Oh wann sehe ich euch wieder, Angebetete überirdische – Göttergleiche ... ich möchte meinen, dass ihr die wiederauferstandene Göttin der Morgenröte seid!"

„Ach so viele Worte, Gefühlsduselei, für den einen Begriff – Frau", bemerkte ich ein wenig verlegen.

„Also seid ihr die göttliche Fremde, von der alle berichten".

„So wisst ihr auch, dass ich die Gattin des Heilers bin, also macht euch keine Hoffnung", fügte ich hart hinzu, wendete mich um und lief verwirrt den Weg zurück, ohne mich noch einmal umzusehen.

Einmal gar, nahmen wir an einem Opferritual teil.
Es fand nicht wie vermutet in dem erhobenen Säulengang, wie ich ihn nannte statt, sondern unter freiem Himmel, direkt hinter der Siedlung.
Es glich, bald nach der sogenannten Opfergabe in Gestalt eines Rindviehs, eher einer Orgie.
Denn keiner der Anwesenden warf sich demütig auf den Boden, lobte und pries die erhaben Göttlichen.
Nichts dergleichen geschah.
Allenfalls ertönten ein paar Trommelschläge, worauf die Lure geblasen wurde, um dem Anlass der Zusammenkunft ein gewisses Maß an Würde und Feierlichkeit zu verleihen.
Ein jeder strebte nur nach Genuss und dem eigenen Vergnügen.
Sehr zur Enttäuschung der Zeitzeugen aus der Zukunft, wie uns.
Jedoch war es Tatsache, dass nur ein Tier geopfert und dessen Blut dem großen Anlass gemäß, von den herrschenden der Gesellschaft, mit viel Trara aufgefangen, gesegnet und angebetet und schließlich

dem ewigen Kreislauf – der Bindung zwischen den Urahnen und den Lebenden überlassen wurde.

All das erschien uns recht halbherzig, zumal das gemeine Volk, daran herzlich wenig Anteil nahm, denn der süße Met machte bereits seine Runde.

Das Fleisch jedoch wurde gekocht herumgereicht und von allen gegessen.

So waren wir zurecht beruhigt, wussten wir doch von bestialischen Ritualen, bei denen auch Menschenopfern üblich waren.

Bald floss der Met in Strömen, nachdem er zunächst nur aus Hörnern, von Mund zu Mund gelangte.

Das hochprozentige süffige Gebräu, reichlich genossen, beflügelte, machte sie Kühn und unbesiegbar, erhob sie über sich selbst.

Der Rausch erregte und legte verborgene Sinne frei, machte melancholisch und gleichsam mutig, erinnerte an große Taten die vollbracht und hinter ihnen lagen.

Er machte Glauben, mit jedem Krug mehr der Erde uralte Weisheit und der Ahnen tiefsinniges Wissen und deren Weisheit zu erlangen und ließ die pure Lust frei.

Der Anlass der Zusammenkunft war längst vergessen. Heute war das Fest der Ausschweifungen, heute endlich war die Möglichkeit gekommen, den Mann oder die Frau, welche ihnen so lange schon im Kopf herumgeisterten, zu treffen und sich unbekümmert zu vereinen.

Heute konnten sie ihrem Drang und den Gelüsten erlösend nachgeben und sich ebenso wie alle anderen in seliger Umarmung vereinigen.

Was kümmerten sie noch irgendwelche fernen Götter.

Mochte es uns auch schamlos und verwerflich erscheinen – wie eine zügellose Orgie, so war es für sie ein Teil des Rituals, wenn auch ein äußerst angenehmer, wie sie sich selber rechtfertigten.

„Welch ein Durcheinander, wenn man bedenkt, wie viele Kinder in 9 Monaten geboren und dem falschen Vater untergeschoben werden."

„Gleichwohl aber der Samen des Vaters ein anderes Weib befruchtet und ein neues Leben hervor bringt".

„Ein chaotischer Wirrwarr in unseren Augen, der jedoch die Ordnung in keiner Weise stört."

„Ja ja, so vieles ist anders als wir gedacht, konnten wir bisher nur spekulieren, so sind wir jetzt um eine Erkenntnis reicher."

„Obgleich man diverse Fruchtbarkeitrituale vermutet hatte, doch sie selbst zu erleben, verstörte uns zu tiefst, machte uns kopflos, sprengte den Rahmen des erträglichen."

Günter räusperte sich unbehaglich: „Oh – oh, was sagst du dazu, hast du davon gewusst Liebes?" fragte er, ungläubig den Kopf wiegend.

„Nun ja, ich wusste einiges von dem Weibergetratsche, es wurde ja kaum noch von etwas anderem gesprochen, aber dass es derart zügellos zugeht…"

Wir hingegen, sahen uns nicht in der Pflicht, mitzuhalten.

Obgleich uns das hemmungslose Treiben über alle Maßen erregte, doch wir zogen es vor, uns aus diesem sündigen Babel zu lösen und uns allein im Kämmerlein zu umarmen.

Glaubte ich am folgenden Tag, unsere Mitbewohner reuig und zerknirscht anzutreffen, so sah ich mich gründlich getäuscht.

Wenn auch ein wenig verkatert, doch bei bester Laune, betrachteten sie uns schmunzelnd, mit fast mitleidigen Blicken, in denen ich zudem vorwurfvolles Unverständnis, wie verhohlenen Spott und Häme für uns, die Ungläubigen las.

Kapitel 16: Karussell des Lebens

Ich hatte die ganze Zeit mit falschen Karten gespielt. Musste mich umkrempeln, konnte nicht die sein, die ich bin.
Doch mittlerweile war ich es leid, stets als Außenseiterin angesehen zu werden. Trotz aller Mühen meinerseits, war es mir nicht gelungen meinen Platz in der Gemeinschaft zu erobern.
Dennoch - trotz allen Widernissen, entbehrte das Leben unter Ihnen nicht einer gewissen Harmonie, die mich aufleben ließ.

Abends, wenn das Lärmen und Klagen, der letzte Schluchzer der Kinder verklungen und wir unsere müden Glieder, auf dem Heu- bedeckten Boden ausstreckten, als säßen wir, entspannt vor dem Fernseher.
Doch waren die bunten Bilder vor uns, nur die immer gleichen Gestalten der Sippe, in deren Gesellschaft eingebettet, löste und bürstete Günter hingebungsvoll mein Haar.
Was anfangs mit Befremden und Unverständnis aufgenommen wurde, gehörte bald zum allabendlichen Ritual.

Verträumt und noch immer fasziniert, breitete er die wallende Haarpracht über meine Schultern, bis auf meine Hüften und ließ die silbernen Weben – Fäden wie aus Sonnen – nein Mondstrahlen, bis auf die Schenkel sich ergießen.

Elektrisch aufgeladen, wie eine leuchtende Aureole, verwandelten sie seine Kleine in einen fleischgewordenen Engel, in seinen Engel.

„Du bist meine Sünde und gleichsam mein Heiligtum", hauchte er mir, wie so oft schon, zärtlich ins Ohr.

Ein Kerl wie ein Baum, der sich in mädchenhafte Fantasien verlor.

So war er mein Liebster und so ist er auch nach vielen unzähligen Jahren, noch geblieben.

An den langen lauen Sommerabenden, jedoch, wurde vor den Hütten gesungen, bald stimmten alle mit ein.

Das war ein unglaublich beflügelndes Erlebnis und ließ mich schnell die Ärgernisse des Tages vergessen.

Ich kuschelte mich in die Arme meines Liebsten, der mit seiner tiefen Stimme, hingebungsvoll schmetternd, den Text mit eigenen Worten ergänzend und mit schlüpfrigen Zoten gespickt, grinsend den Gesang übertönte.

Was zu einem Kopfschütteln und verschämtem Schmunzeln der Anwesenden erregte.

Ja – daran würde ich mich mit Wehmut erinnern.

Doch am nächsten Morgen, allein ohne ihn, stieß mir die übliche Feindseligkeit meiner Mitbewohner entgegen.

Angesichts des niedergeschlagenen Hagens, der missmutig und wortkarg die allgemeine Stimmung verseuchte, vernahm ich die einstimmige Meinung:

„Da hilft nur, eine neue Frau ins Haus zu holen, wir müssen dem Hagen ein tüchtiges Weib besorgen!", war man sich einig.

Doch das war nicht mehr unsere Aufgabe, für uns war es Zeit zu gehen.

Auf einen unserer seltenen Ausflüge, die unsere Zeit uns erlaubte, begannen wir Pläne zu schmieden.

„Ich sehe dich sehr unglücklich, meine Liebste, es quält mich und macht mich traurig, dich nicht mehr Lachen zu sehen".

„Ach ich muss mich verbiegen und erniedrigen, kann nicht sein wie ich bin", klagte ich unter Tränen.

„Zum Teufel, du sollst dich nicht weiter verbiegen, sollst so sein wie du bist, denn so liebe ich dich, komm lach wieder, scherze mit mir, wie sehr vermisse ich deinen Witz und Esprit von früher".

„Es ist höchste Zeit unsere Zelte abzubauen, noch ist der Sommer nicht ganz vorbei, auch der September kann noch viel Wärme bringen, lass uns schon in den nächsten Tagen aufbrechen, Liebes!"

„Ja in drei Tagen ist wieder Markttag, in diesem Trubel wird unser Aufbruch nicht auffallen, denn die Obrigkeit wird dich nicht gerne gehen lassen", bekräftigte ich besorgt.

Nun war es beschlossen, nur drei Tage noch durchhalten, dann...

In fieberhafter Euphorie, begann ich heimlich zu packen, was mir nur in den Abendstunden möglich war. Mein zweites Ohrgehänge konnte ich nicht finden, das mit den blauen Diamanten, ein kostbares Weihnachtsgeschenk von meinem Liebsten.

Schade drum.

So wird es wohl für immer hier verschollen bleiben – oder irgendwann von einem anderen gefunden und bestaunt werden.

Um nicht aufzufallen, versah ich tagsüber wie immer gewissenhaft meinen Dienst, ich versorgte die Kinder, schleppte Wasser heran, schwitzte am Herd, schuftete bis zum Umfallen.

Morgen schon hat alles ein Ende.

Ach es war gar nicht so übel, diese Zeit, es gab auch schöne Momente, dachte ich sinnend. Doch Tag und Nacht in diesem ewigen Qualm zu verbringen, ist auf die Dauer unserer Gesundheit nicht zuträglich.

Unsere letzte Nacht in der alten Zeit begann und verging.

Schon früh weckte uns der Lärm des neuen Tages, eine nervöse Hektik umgab uns.

Doch es dauerte nicht lange und alle Bewohner waren ausgeflogen, keiner wollte auch nur eine Minute der geselligen Zerstreuung, welche dieser Tag bot, versäumen.

Nur einer hockte noch missmutig an seinem Morgenmahl kauend, in der Essecke. Bei meinem Eintreten sah er auf.

Begehren, Enttäuschung mit purem Hass vermischt, sah ich in seinen Augen aufblitzen.

„Ihr werdet eurer gerechten Strafe nicht entgehen, du und dein überheblicher Angeber", zischte er böse zwischen den Zähnen hervor.

Als Günter das Haus betrat, drängte er sich verächtlich schnaubend – grußlos an ihm vorbei.

„Nanu – was ist dem denn über die Leber gelaufen?"

„Er hasst mich abgrundtief", murmelte ich erschrocken und schüttelte mich unbehaglich.

„So soll er seinen Hass versprühen, wo immer er es mag, uns wird er nicht treffen!", tat er die Angelegenheit ab.

„Nun komm Liebes, lass uns diesen unwirtlichen Ort
für immer verlassen, an dem mein Schätzchen nicht
gern gesehen ist".

Ich stopfte ein reichhaltiges Lunchpaket in den
Rucksack und zog in auf den Rücken. Unser Platz,
Lebensraum für viele Wochen, war leergeräumt.

Alles war so, wie wir es einst vorgefunden hatten.

Hatten wir keine Spuren hinterlassen? - als hätte es
uns nie gegeben!

Ein letztes Mal noch, schaute ich mich um.

Was immer uns auch erwarten würde auf unserem
abenteuerlichen Weg in die Zukunft, diesen Ort
würden wir erst nach 3000 Jahren wieder betreten,
war ich mir sicher.

Nun hatten wir große Eile - unser ersehntes Ziel vor
Augen.

Nach wenigen Schritten schon, tauchten wir in die
Menge, verschmolzen mit Ihr, hatten keinen Blick
mehr für all jenes was uns einst so faszinierte.

Zwei Reisende unter Hundert, welche es zu diesem
Platz zog, doch Reisende sind nicht aufzuhalten.

Unsere Pferde standen in einem eingezäunten Gatter,
direkt hinter den Hütten mit Rindern, Ziegen,
Hühnern und Wildhunden.
Im Näherkommen jedoch sahen wir nur eines das
freudig wiehernd an den Zaun galoppiert kam.
Günter stieß einen schrillen Pfiff mit Hilfe eines
Fingers aus, doch die Stute blieb verschwunden.
„Verdammt, das habe ich schon kommen sehen",
fluchte er.
„Was meinst du, was hast du kommen sehen?"
„Nun, dass sie eines Tages im Schmorkessel landen
werden, ich hätte große Lust dem Kerl den Hals
umzudrehen, was habe ich nicht alles versucht, ihn zu
überzeugen, das Pferde nicht als Schlachtvieh auf der
Weide stehen!"

„Du denkst, sie haben die Lisa längst geschlachtet!"
„Ja – wo soll sie denn sonst sein, kaum jemand hier kann reiten".
„Ach die Ärmste, hoffentlich hat sie nicht lange leiden müssen, so ist uns Gottlob noch der Hengst geblieben".
„Lass uns nun keine Zeit verlieren, noch hat uns keiner bemerkt".

Kapitel 17: Von der Hölle verschluckt

Endlich hatten wir das freie Feld erreich.
„Nun hoffen wir, den Weg aus tiefster Vergangenheit, ins Licht zu finden", sagte mein Liebster zuversichtlich und zog mich liebevoll in seine Arme.
Wir ritten zügig aus, unser Blick schweifte in die Ferne.
Doch vorher galt es das Sumpfgebiet, das noch vor uns lag, zu durchqueren.

Auch entlang des Bruch's am großen Graben, sahen wir zu meinem Erstaunen, Behausungen, selbst in diesem Feuchtgebiet, hatten sich mehrere Siedler den rauen Bedingungen angepasst und ausgebreitet.
Bald gewahrten wir in der Ferne die Umrisse des gewaltigen Bergmassives des Harzes.

Ich kannte diesen Anblick, hatte ihn seit meiner Kindheit unauslöschbar in meinem Kopf verborgen. Ebenso die sanften Hügel des Elms im Norden. „Dieser bildhafte Anblick wird sich auch in 3000 Jahren nicht verändern, wird ewig sein".
„Nun - ja, ein riesiger Sendemast auf dem Gipfel, wird dereinst die Harmonie des Betrachters ein wenig verschandeln".
Unser felsiger Freund und Nachbar der Brocken, stolzer Herr und Bewacher des Harzes, der ebenso bekannt ist wie das Riesen und Erzgebirge, bald ein lockendes Ziel für jeden wackeren Wanderer.

So ist er doch zu dieser Zeit ein mystischer Urwald voller Zauber und Magie, über den sich unzählige Sagen ranken, dessen besteigen nicht Empfehlens, wenn nicht gar unmöglich ist.
„Sieh nur wie majestätisch er alles überragt, wenn sich dort oben unser Schicksal erfüllt, so werden wir alle Mühe auf uns nehmen und ihn bewältigen",

brummt Günter überzeugt.

„Oh nein, er ist es gewiss nicht, ich denke, unser Ziel ist eher ein stillgelegtes Bergwerk, eine Mine tief im Berge, dessen Zugang verfallen und zugewachsen, nur schwer ausfindig zu machen sein wird".

Aber die Legende erzählt von 15 Hundert, denk nur, wieviel Zeit bis dahin noch vergehen wird, vermutlich ist diese Grube noch lange nicht entdeckt und erschlossen, wie sollen wir sie finden, wenn es noch gar keinen Zugang gibt?"

„Weist du denn noch, was dort abgebaut und gefördert wurde, vielleicht kann uns das Aufschluss geben".

„Oh – je, es ist schon so lange her, als ich die Bergleute davon habe sprechen hörten, ich wusste, ahnte damals ja nicht, dass sie einstmals so wichtig für uns sein wird", bekannte ich seufzend.

Ein höllischer Schmerz aus dem Nichts, ließ mich erschüttern und warf mich um.

Erschrocken wendete ich mich um, während meine Hand nach meinem Hals griff und sie staunend, blutig triefend wieder zurückzog.

„Oh Gott, ein Pfeil hat mich getroffen, jetzt werde ich sterben, du musst alleine weiter ziehen mein Liebster - mein Leben - so begrab mich hier zu meinem Trost, in heimatlichem Boden zur ewigen Ruhe."

„Wie – was sagst du da, glaubst du ich werde alleine weiterziehen, keinen Schritt werde ich weiter tun ohne dich!"

Mit einem Sprung war er bei mir und bettete mich behutsam auf seinen Schoß und starrte erschüttert auf die blutende Wunde.

„Gottlob, ist es nur ein Streifschuss!", hauchte er erleichtert.

„Wer um Himmelswillen trachtet dir nach dem Leben?" er wandte sich um und sah was auch ich längst gesehen hatte.

Eine einsame Gestalt auf einer Anhöhe, reckte siegesbewusst die Hände gen Himmel und entschwand im nächsten Moment unseren Blicken, thronte er nicht auf einem Pferd, oder war es eine Sinnestäuschung!

„Hagen der Lump, er ist uns gefolgt, um sich zu rächen, wofür nur?"

„Nun glaubt er, er hätte dich getötet, aber du wirst leben, wenn seine Gebeine schon längst verrottet sind".

„Doch ich glaube eher mir hatte der tödliche Pfeil gegolten, ein guter Bogenschütze zu Pferd, ist äußerst gefährlich, sein Feind kann ihm kaum entgehen", bemerkte er, mehr zu sich selbst.

„Nun, das wird uns nicht lange aufhalten, ich werde dich vortrefflich verarzten mein Schätzchen, bald wird nur noch eine kleine Schramme deinen süßen Hals verunstalten", murmelte er beruhigend und kramte hektisch in seinem Arztbeutel, nach Infektionsmittel und einem Pflaster.

„Das habe ich für uns aufgehoben, nur für uns - für den Notfall, nun wird es sich bewähren", fügte er hinzu.

Gerade noch den Tod vor Augen, erholte ich mich überraschend schnell von dem Schreck und drängte zum Aufbruch.

„Wir müssen das Tageslicht nutzen", wisperte ich und erhob mich, noch ein wenig unsicher auf den Beinen stolperte ich entschlossen zu unserem Hengst.

Günter war mir gefolgt und hechtete sich mit einem akrobatischen Sprung, auf seinen Rücken.

„Lehn dich an mich, komm in meine Arme, an mein Herz", raunte er zärtlich und zog mich zu sich auf das Pferd.

„Nimm von meiner Kraft, meinem Leben, teile mein Herz, meinen Körper mit dir, bist du doch ein Teil von mir!"

Trotz des schmerzhaften Pochens in meinem Hals,

überkam mich eine sanfte Ruhe, geborgen in den starken Armen meines Liebsten.

Müßig der Gedanke, Günter würde jetzt mein Grab ausheben, oder- was würde er tun?

Die Gedanken schwanden, wechselten in ein wohliges Nichts.

Die schaukelnden Bewegungen auf dem Pferderücken und die warmen schützenden Arme, die mich umschlossen, ließen mich den nahen Tod vergessen. Ich dämmerte einer anderen Zeit entgegen.

Stunden - oder war ein Tag vergangen?

Die Sonne hatte sich hinter dicken Wolken verborgen, als Günter eine erste Rast einlegte.

Wach auf Liebes, schau wo wir sind, erkennst du dieses Gebiet, welchen Weg wollen wir nun einschlagen?"

Benommen riss ich die Augen auf und glitt vom Pferd.

„Oh – je, alles ist so anders", verwirrt drehte ich mich im Kreise.

Sah vor mir die erdrückende bewaldete Bergwand, erkannte die einzelnen Hügel. Diese Sicht weckte Erinnerungen, tief in mir.

„Hier wird später, viel viel später einmal, ein Örtchen Namens - Wernigerode - erstehen".

Doch zur Zeit deutet nichts darauf hin, keine Zeichen von Zivilisation, keine Hütte, keine Spur von Leben. Verzweifelt, kopflos suchten meine Augen einen Pass zwischen den Bergen zu finden, bis ich schließlich eine Talsohle ausmachte.

„Lass es uns dort versuchen", sagte ich verzagt.

„Meine Güte, hat sich bis hier noch kein menschliches Wesen vorgewagt?"

Ein wilder Urwald nahm uns auf.

Das vorwärtskommen war sehr beschwerlich, wir kämpften uns keuchend vor Anstrengung, Meter um Meter durch dichtes Gestrüpp, halb vermoderte Baumruinen, verfingen uns in Wurzeln, die sich wie Schlangen über den Waldboden rankten.

Es schien, als hätte sich hinter uns die grüne Hölle wieder geschlossen. So waren wir von der Hölle verschluckt!

Mutlos waren wir gezwungen, aufzugeben, als sich urplötzlich die Nacht über uns senkte.

Wir schlugen notdürftig, zwischen knorrigem Unterholz, unser Zelt auf, rollten unsere Schlafsäcke aus und krochen erschöpft in unser Nest.

Als die Schwärze der Nacht uns umgab, glaubten wir uns in einer Märchenwelt. Nie zuvor hatten wir so vielfältige Geräusche und Stimmen um uns herum vernommen, wie in dieser Nacht.

Es war, als hätten sich alle Tiere des Waldes um uns versammelt.

Ein Rascheln, Piepsen, Wispern und Brummen.

Ich spürte ihre leuchtenden Augen durch die Zeltwand, glaubte mich in einem mystischen Zauberwald am Rande von Wachen und Traum.

Kobolde und Feen, die unseren Schlaf bewachten und uns vor den wilden Tieren schützten.

Unser Zelt blieb unversehrt.

Als wir im hellen Morgenlicht unseren Kopf aus unserem Quartier steckten, erschien uns alles nur wie ein Nachtgespinst. Der Spuk der Nacht hatte sich aufgelöst.

Ein neuer Tag, eine neue Herausforderung, wir reckten uns der wärmenden Sonne entgegen.

„Hier können wir kein Lagerfeuer entzünden, wenn wir nicht selber in den Flammen umkommen wollen, du musst deinen Kaffee und die Brötchen kalt genießen", scherzte Günter und kramte unsere Wegzehrung hervor, kaltes Ziegenfleisch und Brunnenwasser.

Wir kauten genüsslich das zähe, faserige Fleisch, als wäre es ein köstlicher Festbraten.

„Wir leben noch und sind unserem Ziel näher",

bemerkte ich hochtrabend.

„Nun ja,- aber wie geht es nun weiter, hast du einen Plan Liebste, wie lange noch sollen wir uns durch diesen Urwald kämpfen?"

„Oh ich fürchte, unser Weg wird noch so einiges von uns abverlangen oder siehst du irgendwo einen Pfad?"

„Nein, nichts als undurchdringliches Gestrüpp!"

„So lass uns den Hügel dort erklimmen und in die Ferne schauen, sicher hilft mir das, mich zu orientieren, was bleibt uns anderes zu tun".

Auf der mühseligen Klettertour, fiel mir wieder alles ein, ich dachte laut, sprudelte all meine Erinnerungen heraus.

„Die Großeltern der Bergleute, mit denen ich damals sprach, waren gegen Ende von 15 Hundert aus dem Harz ins Erzgebirge ausgewandert".

„Ich glaube -Stollberg- hieß der Ort, mit der herrlichen Kirche, dort wurde eine Silbermine, ihr einstiger Broterwerb, stillgelegt".

„Damals hatte sich etwas Merkwürdiges herumgesprochen, also sie berichteten von einer fremden Grube, oh – wie hieß sie nur aeh – Rübenberg oder – ja Rübeland!"

„Ja natürlich Rübeland, dort existieren zwei Gruben,

Hermannshöhle und die Baumannshöhle, ja die muss es sein, die Höhle in dessen unterirdischen Stollen, Menschen einfach verschwanden und stattdessen fremdartige Menschenwesen plötzlich auftauchten, die offenbar den Verstand verloren hatten".

„Worauf dieser Gang damals kurzerhand zugeschüttet wurde, so viel ich weis, ist dieser Zugang niemals wiedergefunden und somit unzugänglich, aber das geschieht erst um 16 Hundert, also müsste es ihn jetzt natürlich noch geben", folgerte ich.

„Oh Liebster, sollte das unser gesuchter Weg in unsere Zeit sein?"

„Wenn das unser Zeitkanal ist, gilt es ihn nur noch zu finden", stammelte Günter ergriffen und schloss mich ungestüm in seine Arme.

Wir hatten das Plateau erreicht, hier oben war nur
mäßiger Bewuchs. So gab er uns den Blick weit in die
Ferne frei.
Ein eisiger Wind fegte uns um die Ohren und weckte
den Wunsch, alsbald wieder in das schützende
Dickicht einzutauchen.
Ich peilte die Himmelsrichtung, in der ich glaubte,

unser Ziel zu sehen.

„Ich füge mich ergeben in deine Hände, gebe Gott, unsere Mühe ist nicht vergebens!", hauchte mein Liebster und griff wie ein Kind nach meiner Hand.
Mit neu aufkommender Hoffnung setzten wir unseren Weg fort.

Nur stellenweise war es uns gegeben das Pferd zu nutzen, welch eine Wohltat, sich ihm anzuvertrauen und auf seinem Rücken ein wenig zu verschnaufen.
Auch kamen wir so schneller voran, doch immer wieder wurden wir von vermoderten Baumstämmen und Dornengestrüpp aufgehalten, die unser Vorwärtskommen behinderte und erschwerten.
Wieder führte unser Weg bergauf, doch auch von einer Anhöhe, sah ich nichts als Baumkronen.
Anhand der Sonne konnten wir eine Richtung einhalten.

Der Tag verging viel zu schnell, kaum hatten wir zu einer Rast und einem hastig eingenommenen Lunch verschnauft, sahen wir die Sonne schonwieder zwischen den dichten Fichten versinken.
Ein geeigneter Platz für unser Nachtlager musste gefunden werden.

„Mein Gott, nimmt denn dieser Wald kein Ende!", schnaufte Günter missmutig.

„Ach Liebster, der Harz besteht überwiegend aus Wald und Bergen, obwohl – sieh nur dort – ein Kahlschlag, doch sicher nicht von Menschenhand geschaffen, ein Feuer muss hier unlängst gewütet haben, das soll morgen unser Ziel sein".
Wie oft schon hatten wir in diesem Jahr unser Zelt aufgeschlagen und wieder abgebaut.
Unsere Wegzehrung schrumpfte und verdarb ohne Kühlung, die spärlichen Reste begannen zu stinken.
Günter musste jagen, um unsere Mägen zu füllen.
Die Schüsse erschütterten die friedliche Stille und bescherten uns Kaninchen und einen Auerhahn.
Auf der riesigen Brachfläche konnten wir endlich ein Lagerfeuer entfachen und die Kadaver in köstliche Braten verwandeln, ein langersehnter Genuss, der die Lebensgeister weckte.
Das baumlose Gebiet erstreckte sich weiter als gedacht, soweit das Auge reichte, eine endlose triste Fläche.
Hier musste ein verheerendes Feuer gewütet haben, denk nur wie viel Getier hier umgekommen sein mag, doch das wird uns unser Vorwärtskommen erheblich erleichtern, so wir den rechten Weg finden",
bemerkte Günter zweifelnd.
Versonnen betrachteten wir die ungewohnte

Umgebung, wieder einmal fühlten wir uns wie die ersten Menschen, allein auf der Welt.

Zwischen verkohltem Holz und Asche, spross bereits frisches Grün hervor.

Bald wird ein neuer, verjüngter Wald erstehen, wieder und wieder, der ewige Kreislauf bis ans Ende der Zeit, sinnierte ich, in den Anblick versunken.

„Nun, das Ende der Zeit werden wir gewiss nicht abwarten, zu dem habe ich nicht vor, den Rest meines Daseins hier herum zu irren und zu vertrödeln", fügte Günter stirnrunzelnd hinzu.

„Auch ich kann mir weis Gott einen schöneren Platz, als diesen vorstellen, doch ich kann nicht zaubern", entgegnete ich resigniert.

Unser Weg führte uns weiter ins Tal.

Kapitel 18: Ein Hauch von Himmel

Nach einer Wegbiegung glaubten wir zu träumen.
Es leuchtete in allen Farben.
„Oh wie schön, dort ist unser Paradies", hauchte ich
ergriffen staunend.
Eine bunte Blumenwiese breitete sich im Tal vor uns
aus. Waren es auch nur die blauen Blüten des
Ehrenpreis, in dem unverkennbaren Blau des
Himmels, die leuchtend roten kleinblühtigen
Weidenröschen, gemischt mit weiß und violetten
Glockenblumen, die aus der Asche, zu neuem Leben
erwacht.

Eine wundersame Wohltat für Augen und Sinne.

„Die Natur bringt alles vielfältig wieder zurück, sie braucht die Hand des Menschen nicht, lass uns hier lagern, uns an der Schönheit erfreuen und den Rest des Tages genießen", schlug ich impulsiv vor.

„Wenn es dich beglückt Liebes", brummte er achselzuckend und bettete seinen müden Körper, mitten in die duftende Blumenwiese. Er streckte und rekelte sich genüsslich.

„Komm Schätzchen, komm in meine Arme, worauf wartest du noch?"

Den weiten Himmel über uns, liebten wir uns, vergaßen Zeit und Raum im Taumel der Sinne versunken.

Später sahen wir träumend dem Spiel der Wolken zu, wir mochten uns nicht lösen, bis die Kühle des Abends uns frösteln ließ.

Der neue Tag trieb uns weiter.

Widerstrebend mussten wir unser Paradies verlassen.

Bald tauchten wir wieder in die grüne Enge des Waldes.

Weiter und weiter zog es uns zu unserem ungewissen Ziel, würden wir es jemals finden?

Wir wussten, dass wir an unzähligen Minen, Höhlen

und späteren Bergwerken, unwissend vorübergezogen, denn sie waren ja verborgen zwischen dem dichten Bewuchs - zugewachsen und nicht als solche erkennbar, noch lange nicht entdeckt.

Wieder neigte sich ein Tag dem Ende zu, die Sonne schickte ihre letzten Strahlen und beleuchtete ein merkwürdiges Gebilde.
Schon von weiten gewahrten wir den dunklen Höhleneingang.

Nun ja, eine Höhle wie viele andere auch.

Magisch angezogen stapften wir ihr entgegen.

Das war keine Höhle wie all die andern die uns auf unserem langen Weg begegnet sind, etwas Mystisches ging von ihr aus.

Ein eisiger Luftzug, zog uns unwiderstehlich an.

Ein Brodeln, ein Säuseln und Raunen wie von hundert Stimmen dröhnte in unseren Ohren.

Kaum mächtig, sich der Faszination zu entziehen, verweilten wir zaudernd.

„Oh Liebster, sollte diese unscheinbare Grotte, eine gruselige Gruft und das Ziel unserer Wünsche sein?", hauchte ich.

„Es sieht so aus!"

„Aber, wenn sie uns noch weiter in die Vergangenheit befördert, was wissen wir denn, was darin mit uns geschieht, sagtest du nicht, aus ihr sind Wesen aus der Zukunft getreten?"

„Ja aber, ich möchte nicht in irgendeine ferne Zeit gelangen, ebenso wenig, wie in die tiefste Vergangenheit!"

„Die Grube hat noch einen anderen Eingang, ach und sieh nur, wie viele Gänge von dort ausgehen, dann war es dieser Eingang, der zum Ende von 15 Hundert zugeschüttet und somit unzugänglich gemacht wurde".

„Doch vorher, als sie noch offen war - warum nur konnte keiner der Verschollenen zurückkommen, haben sie sich vielleicht nur verirrt oder...? Fragen über Fragen die uns keiner beantworten kann".

„Nur ruhig Blut bewahren, nichts überstürzen was wir womöglich nicht rückgängig machen können und uns ins Verderben reißt!", murmelte ich mit heiserer Stimme, aufgewühlt – zitternd, bis in die Fingerspitzen.

"Mein Gott, soll sich hier unser Schicksal entscheiden, wo führt der gruselige Weg durch die Dunkelheit uns hin, mitten in die Hölle?"

„Was sind das für Stimmen und das Getöse, wie Meeresrauschen, wie kommt das zustande und dieser unheimliche Sog?"

Ich war keines klaren Gedanken mehr fähig.

Aufregung und die Angst, sich falsch zu entscheiden, raubten mir die Sinne, schienen mich zu lähmen.

Bibbernd starrte ich in die dunkle Öffnung des Höhlenschlundes.

„Komm Liebste, lass uns weitergehen, ein Stück laufen und durchatmen, fort – fort von hier", stammelte Günter aufgewühlt und zog mich energisch an der Hand.

„Wir müssen überlegen, das Für und Wider abwägen, müssen letztendlich eine Entscheidung treffen!"
So entfernten wir uns erleichtert von der Höhle, wollten Abstand gewinnen.
Ich wusste, dass sich nicht weitentfernt von hier, noch eine weitere Höhle befand. Günter sah sie zuerst!
„Dort ist noch eine Höhle", bemerkte er aufgeregt, „vielleicht ist das schon der Ausgang von der ersten Höhle?"
„Gewiss nicht, diese Grotte hat keinen Zugang zu der anderen Höhle, soviel ich weis, ist das die Hermannshöhle, sie ist völlig harmlos, so umfangreich sie auch ist", erklärte ich, „lass uns hier rasten und das Zelt aufschlagen".
„Wie kann es sein, dass keiner den Weg zurück durch den Stollen gefunden hat?", fragte Günter, später kopfschüttelnd.
„Doch – Einer hat den Weg zurückgeschafft, hat es aber nicht überlebt, konnte nur diffuses, irres Zeug berichten, bevor er an Entkräftung starb".
„Worauf der Gang verschlossen wurde, dass aber geschah erst um 15 Hundert".
„Und was war die ganze lange Zeit dazwischen, weist du nichts darüber?"
„Nein, davon ist nichts überliefert".

„Oh je, welche teuflische Prüfung steht uns nun wieder bevor, in welche Zeit, mag der höllische Gang uns befördern", brummte Günter haareraufend.

„So darfst du nicht denken, haben wir nicht einen eisernen Willen, unser Schicksal zu meistern, ich möchte die Zeit selbstbestimmen, das 19.Jahrhundert zu erreichen, ist doch unser Ziel, hast du deine Selbstachtung verloren?"

„Nein Liebste, mein Wille ist nach wie vor ungebrochen, wir werden eine Nacht darüber schlafen und morgen mit frischem Mut unser Ziel angehen!"

„Ja morgen", bestimmten wir halbherzig.

Doch die trüben Gedanken wollten nicht weichen, wir kauten missmutig auf unseren letzten Speiseresten und verbrachten eine unruhige Nacht, von bösen Träumen geplagt.

Kapitel 19: Zwischen den Welten

Wacker machten wir uns auf den Weg zurück.
Wir hatten uns entschlossen, diesen Schritt zu wagen,
nun gab es kein Zaudern mehr.
Unsere Hände fest ineinander geklammert, schritten
wir los. Wir stolperten über Geröll und Kadaver,
immer tiefer in die feuchte Gruft.
So wandelten wir zwischen den Welten, ungebunden,
haltlos wie die Vögel im Wind.
„Wir gehen in die Zukunft und erreichen das
19.Jahrhundert", bestimmten wir mit festem Willen.
Wir riefen es so laut, dass es von den Felswänden
zurückschallte, sich hundertfach vermehrte und wir
vor unseren eigenen Stimmen erschreckten.
Nach wenigen Schritten schon, hatte uns der Sog
erfasst, lockend und abschreckend gleichermaßen,
doch mit jedem weiteren Schritt, erkannten wir die
Endgültigkeit, nicht mehr umkehren zu können.
Das Grauen hatte mich gepackt, eine unheimliche
Kraft drohte uns auseinander zu reißen.
Ein kalter Luftzug - nein vielmehr die Stärke eines
Orkans ergriff uns.
Der eisige Hauch des Todes streifte uns.
Ob wir nun in der Hölle oder in einem eisigen Grab

landen, so haben wir noch immer uns, so werden wir
denn zusammen unser Leben aushauchen, waren
meine letzten Gedanken, als mir die Sinne
schwanden.

Der Schreck erweckte uns, als wir auf kaltes Wasser
klatschten. Wir befanden uns am Rande eines kleinen
Sees.
Benommen erhoben wir uns und sahen hoch über uns
im Felsen, eine Höhle, ein Spalt nur, nicht größer als
ein schwarzes Loch, von der Größe eines Fuchsbaues,
das uns ausgespien hatte.
Wir sogen die frische Luft, die uns nun umgab, tief
ein.

„Wir leben noch!", stellten wir gleichzeitig, erleichtert fest.

„Wir haben es überlebt", jubelten wir euphorisch und fielen uns in die Arme, drückten und wiegten uns in Liebe versunken, von überschäumenden Gefühlen überwältigt, verharrten wir Wange an Wange.

Zum Glück waren die Satteltaschen, die Günter in der brodelnden Hölle verloren hatte, ebenfalls an Land gespült worden.

Doch etwas Anderes erregte meine Aufmerksamkeit, als meine Augen die nähere Umgebung erfassten.

Oh, was sehe ich da, ein Ort - ein Dorf aus Backsteinmauern und gebrannten Dachziegel, gepflasterte Straßen und – Menschen, Menschen wie Günter und ich, in der Kleidung des 19.Jahrhunderts.

Wir kletterten die Uferböschung hinauf.

Nun hatten auch sie uns gesehen. Wir taumelten weiter, noch nicht ganz klar im Kopf.

Als ein altes Mütterchen den Kopf wandte und uns erblickte, laut aufschreiend und heftig gestikulierend mit den Händen auf uns deutete und krächzend die Worte ausstieß: „Sie kommen wieder – die Geister der Vergangenheit, da seht, sie werden uns verhexen, ich habe es immer gewusst, dass sie eines Tages wiederkommen!"

„Dort oben aus dem schwarzen Loch im Berg sind sie gesprungen", hörten wir noch ihre Worte im allgemeinen Tumult, der sich inzwischen erhoben hatte, untergehen.

Der Platz, der noch eben von Menschen wimmelte, begann sich in Windeseile zu leeren.

„Lauft nicht fort vor uns, um Himmelswillen so bleibt doch stehen, wir sind nicht die, für die ihr uns haltet, wir sind nur verkleidet, auch wenn wir aus dem Berg kommen sind wir welche von Euch!"

Wir hatten nicht bedacht, welche Verwirrung und Aufregung, unsere ungewöhnliche Aufmachung, die lumpigen Wickelgewänder der alten Zeit, hervorrufen würden.

Wir müssen uns schnellstens umkleiden, doch das Kind war bereits in den Brunnen gefallen.

„Ich fürchte, wir sind hier nicht willkommen, wir müssen hier eiligst verschwinden, einen dominanten Dorfsheriff gibt es überall, sie werden uns in die Zange nehmen".

„Wir werden unsere neugewonnene Freiheit, gewiss nicht mit stundenlangen, nervigen Verhören und womöglich in einem muffigen Kerker eingesperrt, vertrödeln!"

Wir begannen zu laufen, die nassen Lumpen klebten

uns hinderlich am Leibe.

Das Pferd und alle Annehmlichkeiten die es barg, hatten wir eingebüßt.

Wir liefen atemlos ohne Pause, bis uns ein Wasserlauf den Weg versperrte und unser Vorwärtskommen behinderte.

„Auch das noch, nun, so werden wir uns unserer nassen Lumpen entledigen und als neue Menschen dieser Zeit, gereinigt dem Wasser entsteigen", grinste Günter.

Wir durchwateten, bibbernd das Flüsschen, wuschen uns bei der Gelegenheit und schlüpften in unsere abgetragene Kleidung, Baumwollhosen, Shirts und Lederjacken.

Augenblicklich fühlten wir uns wie neugeboren.

„Doch es ist nichts wie vorher, denn so wie ich vor dir stehe, bin ich nicht mehr, als ein Habenichts", betonte er theatralisch.

Während er zur Simulation seine Hosentaschen nach außen krempelte und nichts, als ein Taschenmesser und eine Speerspitze sowie eine Taschenlampe zum Vorschein kam.

„Du solltest dir einen Anderen suchen", bekräftigte er.

„Ach ja, du meinst, ich sollte mir einen reichen Krösus

suchen, einen holden Edelmann oder gar einen Grafen von Geblüt, mit einem großen Schloss, davor glänzende Edelkutschen parkend".

„Ach ich begnüge mich, wie vor mehr als 200 Jahren, mit einem biederen Landarzt, ich glaube wir waren damals sehr happy, so wie wir waren, einst am Anfang unserer Zeit und jetzt?".

„Aber nun mal ehrlich, wie viel von diesen langen Jahren war ich allein, auf der Suche nach dir, vor Sehnsucht, Qual und Eifersucht vergehend, wie viele Liebhaber haben dich angebetet, mir fortgenommen und ..."

„Oh du tust mir Unrecht, denn niemals hatte ich einen Liebhaber, vielmehr waren sie meine angetrauten Ehemänner, aus der Not geboren, während du dir fast ein Jahr, offensichtlich eine Geliebte gehalten und dich an ihr ergötzt hast!"

„Aber das warst du doch, ich habe im guten Glauben gehandelt, es war dein süßer Körper mit dem Muttermal an deinem linken Schenkel und dem Leberfleck über dem Venushügel, dein fester Busen und die krausen Haare an deinen Schläfen".

„Glaube mir, ich habe immer nur dich in ihr gesehen, eine lange Zeit!"

„Oh nein, das war nicht ich und das wusstest du

genau, denn ich bin keine Liebesmaschine wie Sie, ich glaube viel mehr, du hast sie gerne gegen mich eingetauscht, bereust du die Zeit etwa du Schurke", brauste ich zornig auf.

„Nein – nein, ich hatte sie längst über, konnte sie kaum noch ertragen, als du kamst, das musst du mir glauben".

„Ach ja – obwohl sie dich nach allen Regeln der Kunst im Bett verwöhnt und bedient hat?"

„Nun gut, ich habe dir verziehen, denn ich liebe dich so sehr".

„Und ich liebe dich noch viel mehr", schmunzelte er und riss mich in seine Arme.

„Welche Zeit mag wohl sein?", unterbrach er kurze Zeit später die Stille.

„Hm – tja – ich schätze, etwa 1880, also Autos scheint es noch nicht zu geben!"

„Vortrefflich, damit kann ich leben, was macht es schon, wenn wir nicht nahtlos an unser gewohntes Leben anknüpfen können, den Rest der Jahre, die fehlende Zeitspanne bis 19 Hundert, werden wir schon irgendwie herumbringen, wie ich uns kenne", beruhigte er selbst seine ungestüme wilde Seele.

Wir nahmen unsere Wanderung wieder auf.

Unweit, auf einer Anhöhe, erblickten wir eine

einsame Kirche, eher eine kleine Kapelle, welche zum sinnlichen Verweilen einlud.

Wir betraten den stillen Ort.

Wir hatten die Magie der Stunde des großen Augenblickes, noch nicht genug, würdigend auskosten können.

Nun kam es nachträglich über uns.

Die Knie bibberten, das Herz wollte fast zerspringen, der Magen krampfte sich schmerzhaft zusammen.

Wir besannen uns wieder unseres Christentums, unter dem einst unsere Ehe ihren göttlichen Segen erhielt.

Ein Gebet der Befreiung und des Dankes an unseren Herrgott, sprudelte von unseren Lippen.

Geläutert verließen wir den Ort des Herrn.

Nun galt es ein anderes Problem anzugehen.

Hinter einem Busch, tauschte ich meine Jacke und Hose in einen langen Wollrock und ein umfangreiches Umhangtuch ein.

Ich zog es behaglich über die Schultern, wickelte es über Arme und Brust, zog die spitzen Enden unter die Achseln, eine altgewohnte Bewegung.

Schon fühlte ich mich wie im 18. Jahrhundert.

Waren wir doch mittlerweile in mehreren Jahrhunderten zuhause.

Angefangen mit den 21. folgend dem 20. 19. 18. 16 und 13. Jahrhundert und zu allem Übermaß, nun in dieser tief zurückliegenden, vorchristlichen Zeit, in die wir unwissentlich geraten sind.

Welch ein Segen, dass wir ihr endlich entkommen konnten. Ich atmete erleichtert auf.

Doch ein langer Weg lag noch vor uns.

„Wann werden wir endlich zur Ruhe kommen, ich bin des ewigen Wanderns so müde, was sind wir mehr als Landstreicher!" seufzte ich überdrüssig.

Wir marschierten, was die Füße hergaben.

Doch unser Vorwärtskommen, wie Packesel, gebeugt unter der schweren Last, die uns vorher die Pferde abgenommen hatten, waren zusätzlich noch durch die lästigen, prallgefüllten Satteltaschen, stark erschwert.

Wir schnauften verzagt, der Schweiß tropfte uns in die Augen, vermischte sich mit dem Staub, klebte wie Lehm an Armen und Gesicht.

„Ach wenn wir doch nur bald zuhause wären, wie groß ist meine Sehnsucht nach unserem geliebten Haus, mit allem dort Verlockendem".

„Bah – das kommt von selbst, wir brauchen bloß... wenn wir einen Lastenträger in Form von einem Pferd hätten".

„Besitzt du denn nicht einen einzigen Taler mehr, ein

Gaul dürfte doch in dieser Zeit nicht allzu teuer sein".
„Sicher stecken noch einige Münzen in irgendwelchen
Hosentaschen, doch die werden wir dringender für
Nahrung benötigen, wenn wir nicht verhungern
wollen", belehrte er mich.
Erschöpft machten wir unter einer mächtigen Linde
halt. Unser Magen knurrte.
Das Zelt schlugen wir hinter einer verwitterten
Scheune auf, vor der merkwürdigerweise, ein paar
fette Hühner im Boden scharrten.

„Verwilderte Hühner, wo Hühner sind, gibt es auch
Eier, ein willkommener Gaumenschmaus!" bemerkte
Günter.

Eine Bank lud zum Verschnaufen ein. Hier wollten wir die letzten wärmenden Strahlen der tiefstehenden Sonne genießen.

Außer einer Flasche mit frischen Quellwasser, war uns nichts geblieben.

Müde lehnten wir uns zurück, streckten unsere lahmen, schmerzenden Beine von uns und sahen amüsiert dem ewigen Streit des Federviehs, um den saftigsten Grashalm zu.

Plötzlich trat ein zerlumpter Kerl, mit auf uns gerichtetem Gewehr, hinter der Scheune hervor.

„Was treibt ihr auf meinem Land, Gesinde das ihr seid, ergebt euch oder"… knirschte er gefährlich und maß uns mit bösen Blicken.

„Aber - guter Mann, wir hegen keine bösen Absichten, wir wollen uns nur ausruhen, meine kleine zarte Frau ist völlig erschöpft und bedarf der Ruhe".

„Willst du zwei müden Wanderern eine erholsame Rast verwehren? sieh nur wie schwach und leidend sie ist!"

Ich ob meinen Blick und sendete ein flehendes Lächeln.

„Ach Gott ja – oh die Ärmste", stammelte er verwirrt, ein Engelchen, eine Elfe, kommt ihr am Ende aus der anderen Zeit?"

„Auch, wenn ich nicht an diesen ganzen alten
Mythenkram glaube, Märchengeschwafel alter irrer
Weiber".

Hier machte er eine Pause und fuhr fort:

„Ihr müsst mein rüdes Auftreten verzeihen, aber ich
bin in einer üblen Lage, man hat mir alles genommen,
Haus und Hof".

„Eine Missernte im vergangenen Jahr, die Krankheit
und schließlich das Ableben meiner Frau und den
neugeborenen Zwillingen!"

„Nur ein nutzloser Gaul, eine Ziege, eine Kuh und die
Hühner, habe ich vor dem Dorfschulzen retten
können".

„Nun hause ich hier in dieser gottverdammten
Scheune, nun ich habe mich notdürftig eingerichtet,
habe ein Dach über dem Kopf und Schutz vor Sturm
und Regen, oh Mann, du glaubst gar nicht wie saukalt
es hier im Winter ist!"

„Oh du dauerst mich, Pechvogel der du bist, aber
auch wir sind in einer üblen Lage, wir kommen von
der anderen Seite des Harzes und haben uns in den
Bergen verirrt".

„Wir haben noch einen weiten Weg vor uns, doch
unsere Mittel sind erschöpft, denn unsere Reise
dauert viel länger als geplant, ein Tag gleicht dem

anderen, so wissen wir nicht einmal, welches Datum wir haben, sicher kannst du uns aufklären!"

„Ah – hm – nun so genau weis ich es auch nicht, ob es Ende September oder gar schon Oktober ist!"

„Oktober schon, wer hätte das gedacht, also du sagst Oktober im Jahr des Herrn – eah 1880?"

„Oh nein, das habe ich nicht gesagt, ihr macht wohl Witze guter Mann", fügte er grinsend hinzu.

Wenn er doch nur das Jahr preisgeben würde, dachte ich, vor Ungeduld bebend.

„Mein Gatte hat sich in der Tat einen kleinen Scherz erlaubt, natürlich ist es nicht 1880, sondern ?"

„19 Hundert, ja wir beginnen ein neues Jahrhundert, doch diese Zeit ist auch nicht besser, seht, was sie mir gebracht hat".

„Dennoch seid ihr mir willkommen, ich teile mit euch mein letztes Brot, wenn ich auch nur zu einem bescheidenen Nachtmahl einladen kann".

„Meine Schwägerin versorgt mich gelegentlich mit Brot und Wurst, Gemüse baue ich selber an, so habe ich mein Auskommen, es reicht zum Überleben, doch was für ein verdammtes, sinnloses Leben".

„Allein ohne Weib in der Ödnis, plagt mich die Einsamkeit entsetzlich, so kommt Herr und die reizende kleine Fee mit den betörenden Augen, seid meine Gäste".

„Euch kann ich es ja sagen", beichtete er wenig später, „ich bessere meinen Lebensbedarf mit fallenstellen auf, Kaninchen und gelegentlich Rebhühner- sind meine willkommensten Gäste ha ha".

Nach einem erquickenden Mahl, bestehend aus Hasenbraten, Butterrübchen, Brot, anregendem Geplauder und einem interessanten Erlebnisaustausch.
Gesättigt wohlig eingelullt in behaglicher Wärme des Eisenherdes, der in Gesellschaft des Pferdes, eines Rindviehs und einer aufdringlichen Ziege, völlig fehl am Platz erschien, lachte ich, überschwänglich des köstlichen Mahls.

„Endlich habe ich wieder Brot gekostet wie lange habe ich das Himmelsmanna entbehren müssen, ich hätte nie gedacht, wie sehr ich nach frischen Brot lechzen würde!"

„Nanu, Brot ist es, das euch so erfreut?, aber Brot gibt es doch überall", bemerkte unser Gastgeber irritiert, „wo kommt ihr nur her?"

Das Gespräch plätscherte weiter mit Belanglosigkeiten dahin, bis Günter unterdrückt zu gähnen begann.

„Ihr könnt euch ein weiches Lager, dort im Heu einrichten, Platz ist genug unter dem großen Dach, eure Gesellschaft ist mir sehr angenehm", bot uns der Herbergsvater freundlich an.

Doch unser Hauptanliegen war noch nicht zur Sprache gekommen.

„Deine Gastfreundschaft ehrt uns, doch ziehen wir es vor, in unserem Zeltlager zu Nächtigen, zuvor jedoch habe ich ein Anliegen, einen Handel sozusagen".

„So spuckt es aus, wie kann ich euch behilflich sein?"

„Nun ja, ich möchte nicht unverschämt erscheinen", druckste Günter ein wenig verlegen herum, „das Pferd ist es, dass wir so dringend benötigen!"

„Oh glaub nicht, dass wir es geschenkt wollen, vielmehr strebe ich einen Handel an".

Wichtigtuerisch kramte er in seinem Rucksack und brachte sodann einige simple Utensilien hervor.

„Schau nur Junge, hast du so etwas schon gesehen? Jeder wird dich darum beneiden, eine Taschenlampe, hell wie die Sonne bei Nacht, ein Feuerzeug das nie in seiner Funktion versagt und zuletzt, ein besonderes Wunderwerk, einen kleinen, aber hoch funktionalen Recorder".

Er betätigte die Rädchen und Hebel, ließ das Licht der Taschenlampe und zuletzt die Musik erklingen.

„Was sagst du nun?"

„Ihr seht mich sprachlos, also das ist - aeh phänomenal, unglaublich, Teufelszeug aber sehr nützlich", stammelte er, verwirrt den Kopf wiegend.

„Eine ganze Kapelle und ein Chor in solch einem kleinen Kasten, ich nehme mit Freuden den Deal an".

„Ich bin nicht mehr allein, nun kann ich mich in den Schlaf singen lassen", frohlockte er und betastete das Gerät wie ein kostbares Kleinod.

Er hatte uns längst vergessen.

„Vergiss es nicht auszuschalten, bevor du dich schlafen lägst, sonst erschöpfen sich bald die Stimmen!", riet ihm Günter, ehe wir uns davonstahlen.

Allein auf dem Hof, ließ ich meinem Erstaunen Luft.

„Du bist ein Genie, was hat dich nur auf diesen genialen Gedanken gebracht?"

„Not macht bekanntlich erfinderisch", grinste er, schloss den Arm um mich und führte mich in unser Zelt, in dem wir uns gleich wieder heimisch fühlten.

Eine Fettlampe und die neueste starke Taschenlampe, das kostbarste in unserem Besitz, spendete behagliches Licht, unsere Schatten tanzten an der Zeltwand.

Wir wussten, dass unser einsamer Freund uns aus sicherer Entfernung, heimlich neidisch beobachtete und die Schattenspiele, begierig verfolgte.

„Ach Liebste, ich bin so beschwingt und happy, soeben haben sich unsere größten Wünsche letztendlich erfüllt!"

„Die Zeit, in der wir gerade sind, könnte nicht besser

passen, nun auch noch das Pferd im Tausch gegen eine Taschenlampe, ein Feuerzeug und ein winziges Abspielgerät".

„Allerdings werden ihm die Dinge nicht lange Freude bereiten, sind sie doch alle Batterie betrieben, zur Zeit jedoch begeistern und beglücken sie Ihn, hast du gesehen wie staunend er die Wunderwerke betrachtet und besonders die Musik ihn entzückt hat?"

Kapitel 20: Vom Erdboden verschluckt

.

„Hab Dank mein Freund, gern würde ich es dir besser vergelten, doch auch ich habe auf der langen beschwerlichen Reise, alles Wertvolle eingebüßt, bis auf meinen kostbarsten Schatz, meine Sonne, mein Lebenslicht".

„Oh ja, das ist bei Gott ein kostbarer Schatz, den ihr euer Eigen nennt, man glaubt gar nicht, dass sie wirklich ist, eine Frau zum träumen und lieben und nicht um sie solchen Strapazen auszusetzen!"
Versonnen blieb sein Blick an mir haften, als wir uns verabschiedeten.

„Ich habe ein schlechtes Gewissen, ihn so leichtfertig übers Ohr gehauen zu haben".

„Ach vergiss es, er selbst hat doch gesagt, wie lästig und unnütz ihm der Gaul war, uns hingegen ist er eine nützliche Hilfe, wenn er auch nur als Packesel taugt", murmelte ich, mit einem letzten Blick zurück, übermütig winkend.

Beschwingt machten wir uns auf, eine neue Etappe begann.

Noch ein paar Hügeln und einige verschlafende Vorharzdörfer passieren, dann ging es auf ebener Straße voran.

Friedrichsbrunn, Harzgerode, eine Rast am Harzrand. Morgen oder übermorgen könnten wir schon Sangerhausen und mit etwas Glück Nebra erreichen, dann ist unser großes Ziel endlich Leibzig!
Doch bis dahin wird es noch ein langer beschwerlicher Marsch.
„Die spektakuläre Himmelscheibe von Nebra", kommt mir spontan in den Sinn.
„Sie wurde in der Bronzezeit gefertigt und ist womöglich noch in Gebrauch. Soll sie nicht einst den alten Germanen als Richtlinie einer sogenannten Sternwarte auf dem Mittelberg gedient haben?"
„Das Umfeld und die Umgebung wird schwierig sein zu finden, zumal wir keinen Zeitzeugen danach fragen können".
„Aber du sagtest doch sie ist auf dem Berg, von einem Palisadenzaun umgeben".
„Wenn das dort der Mittelberg ist?..."
„Aber dort oben ist nichts".
„Vermutlich sind seitdem viele hundert Jahre vergangen - schade, wir kommen zu spät".
Unsere abgerissene Aufmachung, in Begleitung des klapprigen Gaules, nötigte uns die größeren Städte zu meiden, zudem genierte uns unsere abgetragene Kleidung.

Es war nicht wie früher, wenn wir in einer flotten Kutsche, durch die Straßen flanierten, oder, mit unserem ersten Automobil, bequem weite Strecken überwinden konnten.

„Was nutzt uns die verlockende Stadt, wenn wir nirgends einkehren können", bemerkte ich niedergeschlagen.

Hätten wir sie betreten, so hätten wir längst Verdacht geschöpft, so aber verwunderte uns die Rückständigkeit der Dörfer, durch die wir kamen zwar, doch es beunruhigte uns nicht weiter.

„Welche Verwirrung würden wir verursachen, wenn wir mit unserem selbstgebastelten, nachgemachten Rolls Roys, die belebten Geschäftsstraßen entlang knattern würden", schmunzelte Günter, spitzbübisch, zur Belustigung.

Etwas Unbegreifliches, bereitete uns mehr und mehr Kopfzerbrechen.

Mit wachsendem Unbehagen und Unverständnis, verfolgten wir die unbegreifliche Veränderung.

Gepflasterte Straßen gingen in breite Feldwege über, doch die Fahrwege waren trotz aller Mängel, stets gut ausgefahren, denn es herrschte hier reger Verkehr.

So war diese Strecke wohl die Hauptverbindung von West nach Ost.

Doch keineswegs zu vergleichen mit dem
Verkehrsaufkommen des 20.Jahrhunderts.
Doch alles verringerte sich rasant.
So waren wir bald darauf schon erstaunt, wenn uns
mehr als drei Gespanne täglich entgegenkamen.
Später begegneten und überholten uns lange Zeit
Planwagen, voll beladen mit Hausrat und oft mit
vielen lärmenden Kindern, welche laut singend,
albernd und Grimassen ziehend, uns nachwinkten.
Sie zogen gen Osten, alle gen Osten.
War diese Völkerwanderung nicht 16 – 17 Hundert
oder 100 Jahre später?
Waren nicht auch meine eigenen Vorfahren einst vor
Jahrhunderten, tief in den Osten ausgewandert?
Jedoch wurden die Gespanne mit jedem kommenden
Tag immer stümperhafter und klappriger.
Drei Tage darauf schon, sahen wir nur noch primitive
Karren mit recht eirig laufenden, derben schweren
Holzscheiben, als Räder, ohne direkte
Achsenverbindung - was auch immer sie
zusammenhielt -
Knarrend und quietschend, sich mühsam
fortbewegen. Selbst der Fahrweg wurde zum
schmalen Steg, bis er sich schließlich fast ganz verlor.
Die wenigen Leute die uns noch begegneten,

reagierten mit Kopfschütteln und Unverständnis auf unseren Anblick.

Es erübrigte sich, ihnen Fragen zu stellen.

„Ich ahne fürchterliches, wenn ich es nicht mit eigenen Augen sehen würde, müsste ich glauben das …" ihm fehlten die rechten Worte, um das Ungeheuerliche auszudrücken.

„Sprich es nur aus Liebster, auch ich habe es längst bemerkt, was zum Kuckuck hat das alles zu bedeuten", murmelte ich fassungslos, von einem kalten Schauer ergriffen.

„Dort müsste Leipzig sein, doch was ist da -? Nichts, nur eine wüste Ödnis, wildwachsendes Gestrüpp".

„Nun, es wird schon noch auftauchen, gleich wirst du es sehen!", grummelte Günter, ohne es selbst zu glauben.

Bald suchten wir die kleinen Orte, durch die unser Weg uns führte, vergebens, Sie waren nicht vorhanden, existierten nicht.

„Vermutlich gehen wir einen falschen Weg", versuchten wir uns anfangs des Phänomens zu erklären.

Doch selbst, wenn wir uns total verirrt haben sollten, so ist es kaum denkbar, uns noch im 19. Jahrhundert zu befinden, denn diese Möglichkeit schwand mit jeder Wegmeile.

Wir fühlten uns noch nicht einmal mehr ins frühe Mittelalter versetzt, sondern eher in die Römerzeit. Mehrmals mussten wir uns eiligst in die Büsche schlagen, als wir das Getrappel und Gegröle eines Heeres, sich nähern hörten.

Und tatsächlich sahen wir, im Gebüsch verborgen, die Soldaten in dem typischen Erscheinungsbild, mit nackenbedeckenden Helmen - Brust und Schildwehr, an uns vorüberziehen.

Wir haben sie mit eigenen Augen gesehen, ein Hauch von längst Vergangenem, hüllte uns ein.

„Aber wie kann das sein Liebster?"

„Ich weis es auch nicht", murmelte Günter schulterzuckend, „das alles erwächst sich zu einem einzigen Albtraum, ich habe keine Erklärung, außer die Zeit läuft rückwärts, wo führt das noch hin?"

Alles hatte so hoffnungsvoll begonnen, doch unsere anfängliche Euphorie war längst einem wahnsinnigen Unterfangen gewichen.

Tagelang irrten wir durch menschenleeres Gebiet, bis wir meinten, endlich Dresden erreicht haben zu müssen.

Wieder einmal rollten wir die Karte aus, allem Anschein nach, müsste sich dort die Großstadt vor unseren Augen auftun.

Am Lauf und der typischen Biegung des Flusses Elbe, vermuteten wir ihre unmittelbare Nähe.

Doch was wir sahen, ließ uns den Atem stocken.

Keine Prachtbauten, Kirchen mit wundervoll verzierten spitzen Türmen bis in den Himmel, keine majestätischen Paläste erhoben sich, einladend, das Herz erfreuend und die Sinne belebend.

Nein – mitten in einem Urwald verborgen, drängten sich mehrere urzeitliche Hütten, kaum anders, als wir sie auf unserem Weg zur Hünenburg gesehen hatten.

Eine Siedlung, vermutlich ein Handelsplatz zwischen Ost und West, Nord und Süd, Central gelegen, doch nur schwer zu finden, denn völlig im Urwald versteckt.

„Vermutlich wird das später die Hauptverbindung, der Handelsweg bis tief in den Orient!"

„Oh je, wenn das hier Dresden ist, so weis ich, was uns künftig erwartet", bemerkte Günter verwirrt.

Zaghaft taumelten wir den Behausungen entgegen und wurden zu unserer Überraschung, freudig begrüßt und herzlich in ihrer Mitte aufgenommen.

Ein gutmütiger Menschenschlag, vermutlich slawischen Ursprunges, vermittelten sie uns das Gefühl, willkommen zu sein.

Nur zu gern, nahmen wir ihre übersprudelnde

Gastfreundschaft an. Wir verloren kein Wort über unsere ausweglose, desolate Lage, unterdrückten unser ungläubiges Staunen.

Sprachlos zunächst, parierten wir bald wohlüberlegt, all die unzähligen Fragen. Trotz erheblicher Verständigungsschwierigkeiten, war es nicht schwer, ihr Vertrauen und ihre Freundschaft zu gewinnen.

„Wir haben alles in Fülle", prahlten sie.

„Irdene Gefäße für alle Zwecke, Schmuck, wollene Gewebe und das feinste Tuch, Seide nennen sie es, die mit den braungegerbten Gesichtern und fremden Zungen - den weiten Umhängen - welche auch den Kopf bedecken - im Austausch gegen unsere Felle und gepökeltes Wild".

„Sie meinen die Araber!" flüsterte ich Günter zu.

Wir gönnten uns 5 Tage Rast und Zerstreuung in ihrer Mitte, endlich richtig sattessen bis zum Überdruss und ausruhen.

Wir waren so an den derben Geschmack des Wildfleisches gewohnt, dass uns der übliche Schweinebraten, wie die köstlichste Delikatesse erschien.

Es war spät im Jahr, ungewiss, unser Ziel noch vor Einbruch des Winters zu erreichen.

Am dritten Tag war eine Jagt angesagt, an der sich

Günter bereitwillig beteiligte.

Wild war reichlich vorhanden. Tags darauf, gab es ein reichhaltiges Festmahl, das den ganzen Tag, bis in die Nacht andauerte.

Sie verstanden zu feiern, wir ließen uns mitreißen, vergaßen für ein paar Stunden unsere Kümmernisse.

So manche begehrlichen, brennenden Blicke, verwebt mit Herzklopfen, die ich verursachte, blieben mir nicht verborgen.

Doch sie berührten mich nicht, meine strapazierten Nerven, die unterschwelligen Sorgen die uns quälten, ließen keine sinnlichen Gefühlsduseleien zu.

Mit viel Palaver, gut gemeinten Wünschen und einem gutgefüllten Fresspacket, ließen sie uns am Morgen das 6 Tages, unseres Weges ziehen.

Irgendwann lichtete sich der Wald und wir traten in eine endlose Steppe. Der Wind pfiff uns ins Gesicht, ließ unsere Gewänder flattern.

„Nach meiner Rechnung, dürfte bereits November sein, wenn wir wacker durchstarten, können wir noch vor dem ersten Schnee, heimisches Gebiet erreichen, doch ich fürchte", …

„Unsere Heimat gibt es gar nicht!", ergänzte ich, seine Worte, verzagt.

Das Erzgebirge lag hinter uns, nun war das Riesengebirge unser Ziel.

Mit banger Unruhe, setzten wir unseren Weg fort.

Hatten wir einst die Strecke bequem im Auto sitzend, in weniger, als einer Stunde zurückgelegt, so mussten wir nun die enorme Entfernung, mühsam auf Schustersrappen bewältigen. Günters Heimat und die Meine, so vieler Jahre, lockte und rief nach uns.

Doch die Erfüllung unserer Sehnsucht, war fragwürdig geworden.

Denn je näher wir unserem Ziel kamen, desto älter erschien uns die Zeit.

Bald mussten wir erkennen, dass hier noch die gleiche Zeit war, die wir einst verlassen hatten.

„Wie war das möglich?

Endlich gewahrten wir die Silhouette der Berge, in deren Schatten wir so viele Jahre gelebt hatten. Doch uns war längst klar, dass es unsere Villa am Berge nicht geben würde, dennoch trieb uns eine unstillbare Sehnsucht, den letzten Schritt zu gehen.

Kapitel 21: Berg ohne Schatten

Mutlos, trotteten wir durch Wald und Heide, angezogen von einem unsinnigen Drang nach der Heimat – unser Leben wiederzufinden, stießen wir nach Tagen auf wohlbekanntes Gebiet.

Oh ja, wir kannten es sehr gut, verbrachten wir hier doch im gleichen Tal, nicht nur das letzte Jahr in Gesellschaft der Ur Ur Ur Ur Ur – Ahnen, sondern viele Leben in ferner Zukunft, eingebettet am Fuße des verstümmelten Berges, des Berges, der keinen Schatten mehr warf.

Doch der Ort war verlassen und verödet.

Kein menschliches Wesen erwartete uns.

Allzu lange jedoch konnte es nicht her sein, dass die Bewohner geflüchtet waren. Alles war, als wäre es erst gestern geschehen.

Hier war die Zeit stehen geblieben, hier existiert keine Zeit, außer den wechselnden Jahreszeiten, die hoch oben vom Wettergott gesteuert wurden, oder nicht?

„So würde hoffentlich wenigstens der Tag in die Nacht und die Nacht in den Tag übergehen."

„Aber wie kann die Zeit stehen bleiben!"

„Oh Liebster, all unsere Mühen und Plagen waren vergebens, wir werden niemals mehr in unsere Zeit gelangen", schluchzte ich verzweifelt.

Von unsäglicher Trauer und Hoffnungslosigkeit zerschmettert, umschlossen wir uns wie ausgestoßene Kinder und starrten auf den Scherbenhaufen unseres Lebens.

Doch nicht der Lauf der Zeit hatte sich geirrt, kein Versehen des Zeitgeschehens, des ewigen Zeitenflusses war es.

Nichts dergleichen war geschehen, Justin war es, er hatte all das künstlich herbeigeführt.

Durch seine irre Schandtat, hat er den normalen Lauf der Zeit und somit das Gleichgewicht zerstört, die halbe Welt verdreht und durcheinandergebracht.

„Verflucht sei er!", grollte Günter, „die Zeit kann nicht weiterfließen".

„Der Berg ist es, der zerstörte Zeitkanal, der die Zeit zum Stocken und so für ewig, auf dem gleichen Stand zu bleiben verdammt hat".

Unseren Freund Robby, den Zeitenlenker, der uns stets in die gewünschte Zeit gebeamt hatte, gab es nicht mehr.

Wir waren verloren, für immer versunken, in der Vergangenheit verschollen.

Doch gibt es nicht noch einen Ausweg für uns?

Epilog

Weit – weit zurück in der tiefe der Zeit, werden wir sinnend – bisweilen staunend über die historischen Ausgrabungsstätten der Hünenburg schlendern, in Gedanken Bilder malend, von den einstigen Bewohnern dieser fernen Zeit.

Nicht ahnend damals, dass ich selbst es sein würde, die in ferner Zukunft, sich erinnern wird, hier vor mehr als 3000 Jahren, Hühner gerupft und fröstelnd das Feuer geschürt zu haben.

In einer der freigelegten Gruben ihrer Wohnstätte, in der düsteren, verschwiegenen Erde, war ich einst ein Teil des Lebens, in tiefster Vergangenheit.

Dennoch wird keiner an meinem Grab stehen und meine spröden Gebeine aus dem Erdreich kratzen.

Ich selbst werde hier stehen, denn ich lebe noch immer.

Herstellung und Verlag: BoD – Books on Demand, Norderstedt.
ISBN: 9783752830293

Fortsetzung:

www.meine-buch-ideen.de